LES
EGAREMENS
DU COEUR
ET DE L'ESPRIT,
OU
MEMOIRES
DE
Mr DE MEILCOUR.

SECONDE PARTIE.

Le prix eft de trente fols.

A LA HAYE,
Chez GOSSE & NEAULME.
MDCCXXXVIII.

LES
EGAREMENS
DU COEUR
ET DE L'ESPRIT,
OU
MEMOIRES
DE
MR. DE MEILCOUR.

SECONDE PARTIE.

'Etois forti de chez moi, réfolu de ne rien épargner à Madame de Lurfay du mépris

II. Partie. **A**

qu'à mon fens elle méritoit; je
ne voulois pas même m'en tenir à une explication particu-
liére qui ne l'auroit mortifiée
que pour le moment , & je
croyois ne pouvoir me bien van-
ger d'elle, qu'en lui faifant une
de ces fcênes éclatantes qui per-
de nt une femme à jamais.

Extrêmement touché de la
beauté d'un projet qui puniroit
une hypocrite , & me feroit
débuter dans le monde d'une
façon brillante, je ne laiffois
pas de fentir que je l'exécute-
rois difficilement; je n'étois pas
d'ailleurs affez mal né pour
qu'il me reftât long-temps dans
l'efprit. Je confiderai encore
que pour faire réüffir une auffi
cruelle impertinence, il me falloit un mérite fupérieur, ou du
moins une réputation établie
comme celle de Verfac.

J'en revins donc à prendre

avec moi d'autres arrangemens
plus faciles, & en même temps
plus flatteurs. Je réfolus de ne
rien témoigner à Madame de
Lurfay du reffentiment que j'a-
vois contr'elle, de profiter de
fa tendreffe pour moi, & de lui
marquer après par l'inconftan-
ce la plus prompte, & par tout
ceque leshommes à bonnes fortunes ont imaginé de plus mauvais en procedés, tout le mépris, qu'elle m'infpiroit. Cette
fcélérate idée me parut la plus
agréable, & la plus fûre, & je
m'y fixai. J'entrai chez elle,
comblé de joye d'avoir pû trouver une fi belle vengeance, &
déterminé à la remplir à l'inftant même.

Je comptois, & avec quel-
que raifon, ce me femble, que
Madame de Lurfay feroit feule;
mais, foit que ma façon de me
comporter dans les rendez-

vous lui eût déplu, ſoit qu'elle
eût voulû me les faire déſirer,
elle avoit décidé que je ſerois en
proye à tous les importuns que
mon deſtin pourroit amener
chez elle ce jour-là. Ce ne fut
pas ſans une extrême ſurpriſe
que je vis dans la cour le car-
roſſe de Verſac, je devois ſi
peu m'attendre à cet évene-
ment, que je ne pus d'abord
me perſuader ce que je voyois,
la choſe cependant étoit réelle.
En entrant dans l'appartement,
je découvris M. le Comte, qui
plûtôt étendu dans un grand
fauteüil qu'il n'y étoit aſſis, é-
taloit faſtueuſement devant
Madame de Lurſay, ſa magni-
ficence, & ſes graces, & lui
parloit du ton le plus inſolent,
& de l'air le plus familier.

Pour mieux en impoſer à
Verſac, elle me reçut avec une
extrême froideur, mais je dûs

m'apperçevoir au souris malin
que ma présence lui arracha
qu'il pénétroit le motif de ma
visite. Je m'assis a vec cet airdé-
contenancé qui me quittoit rarement,& qu'alors sa vûë augmentoit;pour lui,il se dérangea
peu.& continuant sondiscours.

Vous avez raison , Mar-
quise , dit - il , de l'amour ,
il n'y en a plus, & je ne sçais,
après tout, s'il en faut tant re-
gretter la perte.Une grande passion est sans doute quelque chose de fort respectable ; mais à
quoi cela mene-t'il ? qu'à s'en-
nuyerlong temps l'un avec l'autre ? Je tiens qu'il ne faut jamais
gêner le cœur. Je n'ai moi qui
vous parle , jamais tant de besoin de changer , que lorsque
je vois qu'on prend des mesu-
res pour me retenir. Oh ! je le
crois , répondit Madame de
Lursay ; mais quel parti pren-

driez vous, fi vous voyez qu'-
on voulût vous être infidelle ?
J'en changerois beaucoup plus
vîte. C'eſt aſſûrément, reprit-
t'elle , un aimable cœur que
le vôtre. Eh! Madame , répondit-il , je n'ai là-deſſus rien de
fingulier ; comme moi, tous les
hommes ne cherchent que le
plaiſir, fixez-le toûjours auprès
du même objet , nous y ferons
fixés auſſi. Voyez-vous, Mar-
quiſe, il n'y a perſonne qui
voulût s'engager même avec
l'objet le plus charmant ,
s'il étoit queſtion de lui
être éternellement attaché.
Loin de ſe le propoſer l'un à
l'autre, c'eſt une idée qu'on é-
carte le plus qu'on peut, (du
moins quand on eſt ſage ,) on
ſe dit bien qu'on s'aimera toûjours , mais il eſt tant d'exemples du contraire que cela
n'effraye pas ; ce n'eſt qu'un

propos galant, qui n'a que force de madrigal, & qui est
compté pour rien quand on
veut se donner le plaisir de l'in-
constance. Une chose qui me
surprendra toûjours, repliqua-
t'elle, c'est qu'avec ces sentimens que vous dissimulés fort
peu, vos perpetuelles trahisons,
l'indécence avec laquelle vous
conduisés, & rompez une intrigue, il y ait des femmes assez
insensées pour vous trouver
aimable. Eh bien, dit froidement Versac, ce ne seroit pas
de cela que je serois surpris,
moy, mais je le serois beaucoup
si elles ne nous aimoient pas par
des deffauts que nous n'avons
presque toûjours que par égard
pour elles : nous sommes in-
constans (dites vous) sont-elles
fidelles ? vous prétendés que
nous rompons indécemment,
c'est ce dont je ne me suis pas

encore aperçu ; il me femble
que l'on fe quitte aufli décem-
ment, qu'on s'eſt pris ; fi les
chofes font du bruit, ce n'eſt pas
toûjours notre faute. Ce fera celle
des femmes apparemment, reprit Madame de Lurfay. Sans
doute, Madame, répondit-il, s'il
y a quelques femmes qui fou-
haitent que les foibleſſes de
leur cœur foient à jamais igno-
réés, combien n'en n'eſt-il pas
qui n'aiment que pour qu'on
le fçache, & qui prennent
foin elles-mêmes d'en inſtruire
le Public? mais reprit-elle, Madame de * * * qui vous aimoit
fi tendrement, & qui defiroit
avec tant d'ardeur qu'on n'en
fçut rien, fut-ce-elle qui fe perdit?
lequel de vous deux, en par-
la le plus? ni elle, ni moi ré-
prit-il, & tous deux enfemble;
elle craignoit l'éclat, & je m'e-
tois prêté fort fenfément aux

raiſons qu'elle avoit de le craindre; mais, voulés vous que je
diſe? il eſt des yeux qu'on ne
trompe pas, le Public vit malgré nous que nous nous aimions,
auſſi indiſcret que nous l'étions
peu, il jugea à propos de parler
de ce qu'il avoit vû; j'eus beau
vouloir ſauver les bienſéances,
me ſacrifier, on me crût amoureux parce qu'en effet je l'étois,
& il en arrive ainſi des engage-
mens qu'on diſſimule le mieux;
je crois toujours que vous vous
trompés, répliqua-t-elle, j'ai
des exemples contre ce que
vous avancés; idée fauſſe, reprit Verſac, une femme croit
ſouvent qu'on ignore ce qu'elle
fait, parce qu'on a la politeſſe
de ne pas marquer devant elle
qu'on a penétré ſes ſentimens,
mais Dieu ſçait combien de propos ſe tiennent ſur ces petits
commerces tendres ſi ſcrupu-

leufement voilés, & fi parfai-
tement connus ; je ne me pique
pas d'être plus fin qu'un autre,
& cependant rien ne m'échape :
eh oüi, dit Madame de Lurfay d'un ton moqueur, je le
croirois bien! Eh mon Dieu
Marquife, répondit-il, fi vous
fçaviés tout ce que je vois, vous
penfériés mieux de ma péné-
tration ; par exemple j'étois il n'y
a pas long-tems avec une de ces
femmes raifonnables, de ces
femmes adroites dont les
penchans font enfevelis fous
l'air le plus refervé, qui femblent avoir fubftitué aux déreglemens de leur jeuneffe, de
la fageffe, & de la vertu ; vous
concevez, ajoûta-t-il, qu'il y
a de ces femmes là ; eh bien
j'étois feule avec une prude de
cette efpece ; l'Amant arriva,
l'on le reçut froidement, à peine
voulût-on le traiter comme

connoiſſance, mais pourtant, les yeux parlerent, malgré qu'on en eut, la voix s'adoucit, le petit homme fort neuf encore, fut embaraſſé de la ſituation, & moi à qui rien n'échapa, je ſortis le plutôt que je pûs, pour l'aller dire à tout le monde.

En achevant ces paroles, qui me jetterent dans le dernier embaras, & qui malgré la grande preſence d'eſprit de Madame de Lurſay, ne laiſſoient pas auſſi de l'inquieter, il ſe leva en effet, & voulut ſortir : ah Comte ! s'écria Madame de Lurſay, quelle cruauté! quoy vous partés, il y a mille ans que je ne vous ai vû! vous reſterés. Ah pour à preſent je ne puis, dit Verſac, vous ne ſçauriés imaginer tout ce que j'ai à faire, cela ne ſe comprend pas, la tête m'en tourne, mais

fi vous reſtés chez vous ce ſoir,
& que vous vouliez de moi,
fût-ce au préjudice de toute la
terre, je ſuis à vous. Madame
de Lurſay y conſentit avec autant de joye, que ſi elle ne l'eut
pas deteſté, & il ſortit.

Voilà bien, me dit-elle, dès
que nous fûmes ſeuls, le fat le
plus dangereux, l'eſprit le plus
mal tourné, & l'eſpece la plus
incommode, qu'il y ait à la
Cour! pourquoi ſi vous le con-
noiſſés ſur ce ton-là, repris-je,
le voiés vous? ah pourquoi,
repondit-elle, c'eſt que ſi l'on
ne voyoit que les gens qu'on
eſtime, on ne verroit perſonne;
que moins ceux du caraĉtere de
Verſac ſont aimables dans la
ſocieté, plus il faut les y ménager: quelqu'amitié que vous
leur marquiez, ils vous déchi-
rent, mais ſi vous rompiez bruſ-
quément avec eux, ils vous dé-

chireroient bien davantage. Ce-
lui-ci n'a bonne opinion que de
lui, calomnie toute la terre, sans
pudeur , & sans ménagement,
vingt femmes plus étourdies ,
plus décriées, plus méprisables
encore qu'il ne l'est peut-être ,
l'ont mis à la mode : il parle
un jargon qui éblouit , il a sçû
joindre au frivole du petit maître , le ton décisif du pédant ,
il ne se connoît à rien & juge
de tout; mais il porte un grand
nom. A force de dire qu'il a de
l'esprit, il a persuadé qu'il en
avoit , sa méchanceté le fait
craindre , & parce que tout le
monde l'abhorre, tout le monde le voit : Quelque vivacité
que Madame de Lursay em-
ployât à me peindre Versac si
défavantageusement , elle ne
me persuada pas que ce portrait
pût lui ressembler; Versac étoit
pour moi, le premier des hom-

mes , & je n'attribuai qu'au dépit de l'avoir manqué , tout le
mal qu'elle m'en difoit , & la
haine qu'elle marquoit pour
lui.

Je croyois en fentir redoubler
mon mépris pour elle , cependant nous étions feuls , elle é-
toit belle , & je la fçavois fenfible. Elle ne m'infpiroit plus
ni paffion, ni refpect, je ne la craignois plus, mais je ne l'en defi-
rai que davantage ; je me redis,
pour m'animer, tout ce que
Verfac m'avoit appris , je
me remis devant les yeux tout
ce qu'elle avoit fait pour moi,
& plus je rougiffois du perfonnage que j'avois fait auprès
d'elle , moins je pouvois lui
pardonner le ridicule que je
m'étois donné moi même ; en
achevant le panégyrique de
Verfac , elle fe mit à me regarder d'un air fi particulier ;

elle avoit quelque chofe de fi
tendre dans les yeux que quand
je n'aurois pas brûlé du defir de
me venger , je crois qu'elle n'y
auroit rien perdu. J'oubliai
bientôt combien peu fa conquête étoit flatteufe ; j'étois trop
jeune pour m'occuper long-
tems de cette idée ; à l'âge que
j'avois alors , le préjugé ne
tient pas contre l'occafion , &
d'ailleurs, pour ce que je fouhai-
tois d'elle , il importoit affez
peu que je l'eftimaffe.

Je m'approchai d'elle fans lui
rien dire , & lui baifai la main ,
mais d'un air à lui donner d'a-
bord les plus grandes efperan-
ces. Eh bien! me demanda-t'elle
en foûriant , ferez-vous aujour-
d'hui plus fage que vous n'etiez
hier? je le crois , lui répondis je
d'un ton ferme, les momens que
vous voulez bien m'accorder
font trop précieux pour n'en

pas faire ufage, & je fens que
vous ne devez pas être contente de celui que j'en ai fait jufques à prefent : que fignifie
donc ce difcours, dit-elle en
affectant de la furprife ? que je
pretends, (repris-je) que vous
m'aimiez, que vous me le di-
fiez, que vous me le prouviez
enfin. Je prononçai ces paroles
avec une intrepidité dont la
veille, elle ne m'auroit pas
foupçonné, & qui lui parut fi
peu dans mon caractére, qu'elle
ne fongea feulement pas à s'en
choquer ; elle ne me répondit
que par un fouris meprifant,
qui me fit fentir le peu de cas
qu'elle faifoit de mes préten-
tions, & combien elle me
croyoit incapable de les foute-
nir ; on fe pique à moins. Je
devins tout d'un coup fi familier que Madame de Lurfay en
fut étourdie, & au point que je
n'eu

n'eus d'abord à combattre
qu'une affez foible réfiftance. El
le s'apperçut avec étonnement
qu'elle ne m'impofoit plus , &
peut être fi j'avois aidé au moment ne l'auroit elle pas recu-
lé ; mais au milieu de ces em-
portemens que l'amour feul
peut autorifer, j'étois fi fûr de
vaincre , j'apportois fi peu de
tendreffe , qu'elle fut forcée
d'en paroître mécontente ; cette façon trop déterminée me
nuifit fans doute, fes yeux s'ar-
merent d'un courroux veritab-
ble , mais rien ne me conte-
noit , & perfuadé qu'interieu-
rement, elle fouhaitoit d'être
vaincuë , en demandant par-
don , je continuois d'offenfer :
cependant je ne pus rien obtenir , foit que Madame de Lurfay ne voûlut pas m'accorder
un triomphe que je ne rendois
pas affez décent pour elle , foit

que le peu d'ufage que j'avois
des femmes, ne me rendît pas
auffi dangereux qu'il auroit fal-
lu l'être.

Honteux d'une entreprife qui
m'avoit fi mal réuffi, je laiffai
Madame de Lurfay, fort embaraffée de ce que je prevoyois
qu'elle alloit me dire ; je crois
qu'elle étoit en peine auffi de
la façon dont elle devoit agir
dans une circonftance fi delica-
te, me montrer trop d'indul-
gence que n'en penferois-je pas?
affecter trop de colere, je pouvois en être decouragé, & il
étoit à craindre que pour les
fuites, cela ne tirât à confé-
quence. Elle demeura quelque
tems rêveufe, & fans parler ;
je l'imitois. Un homme un peu
au fait du monde, auroit dit
fur ce qui venoit de fe paffer,
mille jolies chofes qui aident
une femme en pareil cas, mais

je n'en sçavois aucune, & il falloit que Madame de Lursay tirât tout de son propre fonds,
ou qu'elle se résolût à ne me
parler jamais, elle prit enfin
son parti, ce fut de me témoigner avec tendresse, & dignité qu'elle trouvoit mes procé-
dés extrêmement ridicules : je
m'excusai sur l'amour, elle me
soutint qu'il ne conduit pas à
perdre le respect ; très respec-
tueusement, je l'assurai du contraire, elle poussa la dispute
là-dessus, à force de disserter,
nous perdîmes le fonds de la
question, je la terminai en lui
baisant la main qu'elle me ten-
dit, en m'assurant qu'elle pren-
droit à l'avenir des précautions
contre moi.

Cette menace m'effrayoit
peu, jusques dans sa colere
même j'avois vû l'excès de sa
facilité ; ma vengeance n'étoit

que differée, & affez mal à propos, je ne crus pas devoir trop
en preffer les inftans. Nous
étions rétombés dans le filence,
Madame de Lurfay qui s'étoit
conduite fur mon premier em-
portement en perfonne fenfée,
étoit en droit d'en efperer un
fecond, & fembloit s'y attendre : elle ne fçavoit qui m'avoit
fourni les lumieres qui l'avoient
étonnée, & en fe flatant peut être
que je ne les devois qu'à l'amour
elle dût fans doute être furprife
de les trouver auffi bornées,
elle crut, toutes reflexions faites
qu'il feroit convénable de m'ai-
der des fiennes, & reprenant
la converfation que nous ve-
nions de finir, elle me demanda, mais avec une douceur extrême, pourquoi j'avois paffé
de beauconp de refpect, même
d'un refpect trop timide, à une
familiarité defobligeante ; car

enfin , ajoûta-t-elle , je conçois
qu'il y a des femmes auprès
defquelles , l'homme du monde
le moins aimable n'a befoin
que de leurs propres defirs , &
pour qui tout eft moment &
danger: qu'on manque à celles-
là je n'en fuis point étonnée ,
mais j'ofe dire que je ne fuis
point dans ce cas , je dois me
croire par ma façon de penfer ,
& de vivre à l'abri de certaines
entreprifes , cependant vous
voyés ce qui m'arrive.

Outré d'une auffi impudente
hypocrifie , car je ne voulus
jamais croire que Verfac eut
pû me tromper ; d'abord je ne
répondis rien , je ne pouvois
marquer à Madame Lurfay tout
le mépris qu'elle m'infpiroit ,
& lui répeter les difcours fur
lefquels il étoit fondé , fans
qu'elle fe crût obligée de me
rendre toute la bonne opinion

que j'avois eue d'elle, & je me
mettois par là peut-être dans
l'impoſſibilité d'en triompher
jamais.

Vous ne repondez rien, reprit-elle, craignez-vous de vous
excuſer trop , ou ne daigneriez
vous pas le faire ? je ne ſça-
vois que lui dire , & je rejettai
tout encore une fois ſur l'A-
mour que j'avois pour elle , &
ſur les bontés qu'elle m'avoit
témoignées : à l'égard de l'a-
mour, reprit-elle , je vous ay ,
je penſe, déja répondu, que ce
n'étoit pas une excuſe légitime:
pour les bontés dont vous me
parlez, je conviens que j'en ay
pour vous , mais il en eſt de
plus d'une eſpece, & je croisque
les miennes ne vous mettent en
droit de rien ; quand je me
ferois même oubliée au point
que vous le ſuppoſez, un A-
mant délicat , ou ne s'en ſeroit

pas fervi , ou n'en n'auroit pas
abufé comme vous venez de le
faire ; elle ajoûta à cela mille
chofes finement penfées , & me
fit enfin entre-voir de quelle
néceffité étoient les gradations,
ce mot , & l'idée qu'il renfer-
moit , m'étoient totalement
inconnus ; je pris la liberté de
le dire à Madame de Lurfay ,
qui en fouriant de ma fimpli-
cité , voulut bien prendre la
peine de m'inftruire , je mettois
chaque precepte en pratique à
mefure qu'elle me le donnoit ,
& l'étude importante des gradations auroit pû nous mener
fort loin , fi nous n'euffions
entendu dans l'antichambre,
un bruit qui nous força de
l'interrompre.

Un laquais vint annoncer
Madame , & Mademoifelle de
Théville, je connoiffois parfai-
tement ce nom , Madame de

Théville, & ma mere étoient affez
proches parentes , mais affez
mal enfemble depuis long-
tems, & Madame de Théville
ayant depuis demeuré prefque
toûjours en Province , je ne
l'avois jamais vûë , elles entre-
rent, & ma furprife fut fans
égale , quand je trouvai dans
Mademoifelle de Théville, cette
inconnuë que j'adorois , & à
qui je croyois tant d'averfion
pour moi , je ne pourrois exprimer que foiblement le dé-
fordre que cette vûë me caufa,
combien d'amour , de tranfports , & de craintes, elle ré-
nouvella dans mon cœur. Madame de Lurfay l'accabloit de
careffes , & je jugeai par le
ton qu'elle prit avec Madame
de Théville, qu'il y avoit entr'elles une intime amitié ; cela
me furprenoit d'autant plus que
non feulement je ne l'avois jamais

mais vûë chez Madame de
Lurfay , mais encore que je ne
lui en avois jamais entendu parler. Elle fit des reproches à fon
amie de ce qu'elle avoit été
long-tems fans la voir ; vous
devez croire , répondit Madame de Théville , qu'il faut que
des affaires très - importantes
m'en ayent empêchée; je ne fuis
reftée à Paris que peu de tems
pendant lequel je vous ai vûë ,
obligée d'aller à la campagne ,
je n'en fuis revenuë que depuis
deux jours , & j'y aurois même
demeuré plus long-tems, fi elle
avoit moins ennuyé Hortenfe.

Que ne devins-je pas , quand
j'appris par les difcours de Madame de Théville , que le
feul lieu; où je n'euffe pas cherché mon inconnuë , étoit celui
où je l'aurois rencontrée , &
qu'en fuyant opiniâtrément
Madame de Lurfay , j'avois
perdu toutes les occafions de

m'approcher d'Hortenſe. En
faiſant ces triſtes réflexions, je
ne ceſſois pas de la regarder;
& d'achever de me perdre auprès d'elle; Madame de Lurſay
me préſenta, en me nommant,
à Madame de Théville, qui me
parla obligeamment, quoique
d'un air fort ſérieux, qu'elle prit
peut-être à propos du froid qui
étoit entre elle, & ma mere. Si
je ne parus pas lui plaire beaucoup, elle ne fit pas ſur moi
non plus une impreſſion fort
agréable. C'étoit une femme
aſſez belle encore, mais dont
la phiſionomie étoit haute, &
n'anonçoit pas beaucoup de
douceur dans le caractere. Elle
étoit, diſoit-on, fort vertueuſe
& d'autant plus reſpectable,
qu'elle l'étoit ſans faſte, qu'-
elle l'avoit toûjours été, &
ne croyoit pas pour cela qu'il
lui fût permis de médire de

personne ; mais peu faite pour
le monde, & le méprifant , elle
ne fongeoit pas affez à plaire ;
on étoit forcé de la refpecter ,
on l'admiroit , mais on ne l'aimoit pas. Pour Mademoifelle
de Théville , elle me regarda,
à ce que je crus, avec une extrême froideur , & répondit à peine au compliment que je lui
fis ; il eft vrai que j'ai penfé
depuis qu'il n'étoit pas impoffible qu'elle n'y eût rien com-
pris., le trouble de mes fens
avoit paffé jufqu'à mon efprit ,
& la confufion de mes idées
m'empêchoit d'en exprimer
bien aucune. L'air froid d'Hortenfe me piqua plus que celui
de fa mere. Rêveufe,& comme
embaraffée de ma préfence, elle
ne jettoit fur moi que des regards triftes, ou diftraits. Sa
mere, & Madame de Lurfay qui
fe parloient, nous laiffoient en

liberté d'en faire autant ; mais je fentois trop vivement le plaifir d'être auprès d'elle, pour pouvoir lui parler d'autres chofes que de mon amour, & rien dans cet inftant n'en pouvoit authorifer l'aveu. D'ailleurs ce qui s'étoit paffé aux Thuilleries entre elle, & moi, l'indifférence avec laquelle elle avoit paru me revoir, cette paffion fecrete dont par fes propres difcours je la foupçonnois, tout contribuoit à me gêner auprès d'elle. Je cherchois vainement à commencer la converfation, la fombre rêverie dans laquelle je la voyois plongée, augmentoit ma timidité ; quoi me difois-je, j'ai pû penfer que c'étoit moi qui l'avois frapée, j'ai ofé croire que cet inconnu fi dangereux pour fon cœur, n'étoit autre que moi ? quelle'erreur avec quelle indifférence, quel odieux

mépris, ne fuis-je pas reçu d'elle?
ah! cet inconnu quel qu'il foit,
n'ignore plus fon bonheur, il
dit qu'il aime, il s'entend dire
qu'il eft aimé, leurs cœurs unis
par les plus tendres plaifirs, les
goûtent fans contrainte, & moi
je nourris dans la douleur une
funefte paffion privée à jamais
de la douceur de l'efperance!
par quelle cruelle bizarrerie,
faut-il que ce moment où elle
m'infpire le plus violent amour,
foit celui où naiffe fa haine !

Ces affreufes idées m'acca-
bloient, & ne me guériffoient
pas ; je m'en laiffois penetrer,
lorfqu'on annonça Madame
de Senanges ; tout entier à ma
trifteffe, à peine la remarquai-
je quand elle entra ; il n'en fut
pas d'elle ainfi, elle me faifit
d'abord, & fes yeux s'étoient
promenés fur toute ma perfonne, avant que j'euffe feulement

entre-vû la fienne.

Verfac que je quitte, dit-elle, à Madame de Lurfay, vient de m'apprendre que vous reftiez chez vous ce foir, c'eft un tems dont je veux profiter, vous le voulez bien, n'eft-il pas vrai? ne vous a-t'il pas dit, lui demanda Madame de Lurfay, que je vous faifois bien des reproches de ce que je ne vous vois jamais? c'eft un étourdi, reprit-elle, il ne m'a rien dit de votre part, mais dites moi donc, Reine, ce que vous devenez qu'il n'eft plus poffible de vous trouver nulle part

Pendant ces complimens auffi faux que fades, Madame de Senanges me regardoit avec complaifance; elle embraffa Madame de Théville, qu'elle étoit, difoit-elle, charmée de revoir, & qu'elle gronda de s'être enterrée fi long-tems dans la Pro-

vince ; elle loüa les charmes
d'Hortenfe;mais en femme qu'-
ils ne fatisfaifoient pas; l'éloge
fut court, & fec, & fait avec un
air diftrait, & orgueilleux. Elle
ne me dit rien fur ma figure,
mais elle la regardoit fans ceffe,
& je crois que fi elle avoit cru
honnête de m'en faire compliment, il auroit été plus fincere,
& plus étendu que celui qu'elle
fit à Mademoifelle de Théville;
en me parlant, elle ne me
perdoit pas de vûë, & l'expref-
fion qu'elle mettoit dans fes regards, étoit fi marquée, que
tout ignorant que j'étois encore, il ne me fut pas poffible de
m'y tromper.

Madame de Senanges à qui,
comme on le verra dans la fuite,
j'ai eu le malheur de devoir mon
éducation, étoit une de ces
femmes philofophes, pour qui le
Public n'a jamais rien été. Tou-

jours au deſſus du préjugé , &
au - deſſous de tout , plus
connuës encore dans le monde
par leurs vices que par leur
rang , qui n'eſtiment le nom
qu'elles portent que parce qu'il
ſemble leur permettre les ca-
prices les plus fols, & les fantai-
ſies les plus baſſes ; s'excuſant
toûjours ſur un premier moment , dont elles n'ont jamais
ſenti la puiſſance , & qu'elles
veulent trouver par tout, ſans
caractere comme ſans paſſions,
foibles ſans être ſenſibles, cédant
ſans ceſſe à l'idée d'un plaiſir qui
les fuit toûjours , telles en un
mot , qu'on ne peut jamais ni
les excuſer , ni les plaindre.

Madame de Senanges avoit
été jolie, mais ſes traits étoient
éffacés , ſes yeux languiſſans &
abbatus, n'avoient plus ni feu ,
ni brillant. Le fard qui achevoit
de fletrir les triſtes reſtes de ſa
beauté , ſa parure outrée , ſon

maintien immodeste , ne la rendoient que moins supportable;
c'étoit enfin une femme à qui
de toutes ses anciennes graces ,
il ne restoit plus que cette indécence que la jeunesse, & les agrémens font pardonner, quoiqu'-
il deshonore l'un, & l'autre, mais
qui dans un âge plus avancé, ne
presente plus aux yeux qu'un
tableau de corruption , qu'on
ne peut regarder sans horreur.

A l'égard de l'esprit, elle en
avoit, j'entends de celui qu'on
trouve si communément dans
le monde ; ce n'étoit rien que
ce qu'elle disoit ; mais elle ne
s'épargnoit rien, médisoit toûjours, & ne pensant jamais bien,
ne craignoit jamais de dire ce
qu'elle pensoit. Elle avoit de
ces tournures de Cour, bizarres,
negligées ; & nouvelles , ou re-
nouvellées : elle les aidoit d'un
ton nonchalant, & traîné , pa-

reffe affectée qu'on prend quelquefois pour du naturel , &
qui n'eft, à mon fens, qu'une façon d'ennuyer plus lentement ;
malgré ces rares talens pour le
frivole, elle en fortoit quelquefois , differtoit opiniâtrément ,
& fans jufteffe, & fans connoif-
fance , ne laiffoit pas de juger;
paitrie au refte de fentimens ,
& de probité, & toûjours étonnée à l'excès des déréglemens
de fon fiécle , fur lefquels elle
gémiffoit volontiers.

La refpectable Sénanges , telle que je viens de la dépeindre,
fut frappée à ma vûë. Ce moment qui décidoit , chez elle ,
les grandes paffions , ce moment malheureux dont elle ne
pouvoit jamais fe fauver parce-
que , comme elle le difoit elle-
même, il étoit impoffible d'y
réfifter , l'entraîna , & me la
foumit. Ce n'eft pas , elle me

l'a avoué depuis, que j'euſſe bien
préciſément tout ce qu'il falloit pour lui plaire, j'étois
trop uni dans mes façons, je
n'avois ni tons extravagans, **ni**
manieres ridicules ; je paroiſ-
ſois ignorer ce que je valois,
mais en ſentant tout ce qui me
manquoit, elle fut flattée de
la gloire de me le faire acquerir, elle ſe mit enfin en tête de
me former. Terme à la mode
qui couvre bien des idées qu'il
ſeroit difficile de rendre.

Pour moi, quand je l'eus bien
examinée, il ne me vint pas dans
l'eſprit, que ce ſeroit elle qui
me formeroit, & malgré ſes
mines obligeantes, je ne vis d'a-
bord en elle, qu'une coquette
délâbrée, dont l'impudence même me gênoit. J'avois encore
ces principes de pudeur ; ce
goût pour la modeſtie, que l'on
appelle dans le monde, ſottiſe,

& mauvaiſe honte, parce que
s'ils y étoient encore des vertus, ou des agréments, trop
de perſonnes auroient à rougir
de ne les point poſſeder.

Je ne ſçais ſi Madame de Senanges s'apperçut que ces regards avides qu'elle jettoit ſur
moi, m'embarraſſoient, mais
elle ne s'en contraignit pas davantage. Pour que je connuſ-
ſe bien tout le prix de ma conquête, elle m'étala toute ſa non-
chalance, & toutes ſes graces,
& joignit pour m'achever, tous
les ridicules de ſa perſonne,
à ceux de ſa converſation. Je
me reprochai enfin de donner
tant d'attention à quelqu'un
qui ſe definiſſoit au premier
coup d'œil, & quelque froi-
deurque je trouvaſſe dans Melle.
de Theville, je cherchai ſa vûë
comme le contrepoiſon à celle
de Madame de Senanges. Elle

l'écoutoit, & je crus remarquer
à sa rougeur, & à son air dé-
daignèux, qu'elle en jugeoit
comme moi : cela ne me surpris pas. Je refléchissois avec é-
tonnement sur la distance pro-
digieuse qui étoit entre-elle &
Madame de Senanges ; sur ces
graces si touchantes, ce maintien si noble, reservé sans
contrainte, & qui seul l'auroit
fait respecter : sur cet esprit juste, & précis, sage dans len-
joüement, libre dans le serieux,
placé par-tout. Je voyois de
l'autre côté, ce que la nature
la plus perverse, & l'art le plus
condamnable, peuvent offrir
de plus bas, & de plus corrom-
pu.

Madame de Senanges qui
pour se prouver son mérite,
pensoit plûtôt au nombre de
ses amants, qu'au tems qu'ils
avoient voulu demeurer dans

ſes chaines, étoit très-perſua-
dée que ſes charmes agiſſoient
ſur moi comme il lui conve-
noit, & qu'elle ne s'en retour-
neroit pas ſans une déclaration
en bonne forme.

Cette idée la rendoit d'une
guayeté déteſtable, lorſque
Verſac que ſon fracas annon-
çoit de loin, entra, ſuivi du
Marquis de Pranzi, homme à
la mode, éléve, & copie éternelle de Verſac. Madame de
Lurſay rougit en le voyant,& le
reçut d'un air embarraſſé. Verſac qni avoit prévû cette récep-
tion, ne fit pas ſemblant d'ap-
percevoir le trouble où la pré-
ſence de Pranzi jettoit Madame de Lurſay ; il ne remarqua
d'abord que Madame de Senanges, & affectant un air étonné,
elle,ici!s'écria-t'il en regardant
Madame de Lurſay, elle, ici !
mais eſt-ce que je me ſerois

trompé ? que voulez-vous donc
dire?demanda-t'elle: Ah ! rien,
répondit Versac en baissant un
peu la voix, c'est seulement
que j'ai cru que quand on a-
voit quelqu'un à qui l'on prenoit interest, on n'imaginoit
pas de le laisser voir à Madame
de Senanges ; je ne la crois re-
doutable ici pour personne,
repliqua-t-elle ,eh oüi ! reprit-
il , c'est ce qui fait que je me
suis trompé.

Il auroit sans doute poussé vivement Madame de Lursay
qu'il n'aimoit pas, si Mademoiselle de Théville, qu'alors il en-
visagea , ne lui eût donné d'autres idées ; il demeura un ins-
tant comme ébloüi, surpris de
ce qu'une beauté si rare avoit
été si long-tems cachée pour
lui , il la regardoit avec un air
d'étonnement , & d'admira-
tion ; il salua Madame de Théville , & elle, avec un respect

qui ne lui étoit pas ordinaire,
&après les premierespolitesses;
quel ange ? quelle divinité est
donc descenduë chez-vous,
Madame, demanda-t'il, tout
bas à Madame de Lursay?quels
yeux! que de Noblesse! que de
graces! & comment avons-nous
pû jusques à présent ignorer
ce que Paris a vû de plus beau,
& de plus parfait? Madame de
Lursay lui dit tout bas qui elle
étoit;admirez-la, si vous voulez,
ajouta-t'elle,maisjene vouscon-
seille pas de l'aimer: Eh! pourquoi, s'il vous plait, repliqua
t'il? c'est que vous pourriez n'y
pas reussir. Ah parbleu, reprit
il, c'est ce que je suis curieux
de voir, & puis reprenant haut
la conversation; Madame, lui
dit-il, je me flatte que vous ne
trouverez pas mauvais que je
vous aye amené Monsieur de
Pranzi, c'est une ancienne con-
noissance

noiſſance pour vous , un vieux ami ; l'on revoit ces gens-la avec plaiſir , n'eſt il pas vrai ? quand on a, pour ainſi dire, vû naître les gens , qu'on les a mis dans le monde , on a beau les perdre de vûë , on s'intereſſe à eux , on eſt toujours charmé de les retrouver;il me fait honneur , répondit Madame de Lurſay d'un air contraint : eh bien ! reprit Verſac , vous n'imagineriez pas la peine que j'ai euë à le déterminer ; il ne vouloit pas venir,parce que , dit-il, il y a quelques années qu'il ne vous a rendu ſes reſpects : mauvais ſcrupule , car quand on s'eſt une fois bien connu , l'on ſe met au-deſſus de ces frivoles bienſéances.

L'air ricaneur , & malin de Verſac, & l'embarras de Madame de Lurſay me ſurprirent d'abord, moi qui n'étois au fait de rien. J'ignorois qu'il y avoit dix ans que le public a- voit donné Pranzi, à Madame de Lurſay, & qu'il y avoit ap- parence qu'elle l'avoit pris. El- le auroit eu raiſon de ſe deffen- dre d'avoir jamais pû faire un pareil choix, & ſi l'on peut juger le cœur d'une femme ſur les objets de ſes paſſions, rien n'é- toit plus capable d'avilir Ma- dame de Lurſay, & de la ren- dre à jamais mépriſable que ſon goût pour Monſieur de Pranzi.

C'étoit un homme qui, noble à peine, avoit ſur ſa naiſſance, cette fatuité inſuportable, mê- me dans les perſonnes du plus haut rang, & qui fatiguoit ſans ceſſe de la généalogie la moins longue que l'on connût à la Cour. Il faiſoit avec cela, ſem- blant de ſe croire brave ; ce n'é- toit pas cependant, ce ſur quoi

il étoit le plus incommode,
quelques affaires qui lui avoient
mal tourné, l'avoient corrigé
de parler de son courage à tout
le monde. Né sans esprit, comme
sans agrémens, sans figure, sans
biens, le caprice des femmes &
la protection de Versac, en a-
voient fait un homme à bonnes
fortunes, quoiqu'il joignît à ses
autres deffauts, le vice bas de
dépouiller celles à qui il inspiroit
du goût. Sot, présomptueux,
impudent, aussi incapable de
bien penser, que de rougir de
penser mal; s'il n'avoit pas été
un fat, ce qui est beaucoup à
la verité, on n'auroit jamais, sçu
ce qui pouvoit lui donner le
droit de plaire.

Quand Mad. de Lursay n'auroit pas cherché à ensevelir ses
foiblesses, auroit-elle pû, sans
horreur, se souvenir que Monsieur de Pranzi lui avoit été

cher. Ce n'étoit peut-être pas
ce motif qui lui faisoit suppor-
ter si impatiemment sa presence ; mais la mechanceté que
Versac lui faisoit , les discours qu'il lui avoit tenus l'a-
près-dinée , & les sujets qu'elle lui avoit donnés de se plaindre d'elle , la faisoient frémir
pour le reste de la journée. Elle
ne pouvoit pas douter qu'il
n'eût pénétré son amour pour
moi , & qu'il ne fût tout occupé du soin d'en instruire le public , & de la perdre peut-être
dans mon esprit. Versac étoit
un de ces hommes à qui l'on ne
peut pas plus imposer silence,
que leur confier un secret; qu'elle s'observât , ou non sur sa conduite avec moi , elle sentoit
qu'il n'en seroit ni plus trompé,
ni plus sage. Cette cruelle situation la plongeoit dans un chagrin que l'on remarquoit visi-

blement , & le difcours de
Verfac fur elle , & fur Pranzi , l'avoit jettée dans la der-
niére confufion. Je l'en vis rougir fans y répondre , & je con-
clus fur le champ de fon filence , & de fon air humilié que
Pranzi étoit infailliblement
un de mes prédéceffeurs.

Verfac ne s'aperçut pas plutôt du fuccés des coups qu'il
portoit à Madame de Lurfay,
qu'il réfolut de les redoubler,
& continuant fon difcours, de-
vineriez-vous bien , Madame,
dit-il à Madame de Lurfay,
d'où j'ai tire Pranzi aujourd'hui,
où cet infortuné alloit paffer fa
foirée ? eh ! paix , interrompit
Pranzi , Madame connoit , a-
joûta-t-il , d'un air railleur,
mon refpect, & fi je l'ofe dire , mon tendre attachement
pour elle. Je me fouviens
de fes bontés , & je n'aurois

point réfifté à Verfac, fi j'avois
pû croire, qu'elle me les eût
confervées : difcours poli, dit
Verfac, & qui ne détruit rien
de ce que je voulois dire : en
honneur, il alloit fouper tête-à-
tête avec la vieille Mad. de ***
Ah! mon Dieu, s'écria Ma-
dame de Senanges, eft il vrai
Pranzi, quelle horreur! Madame de ** mais cela à cent ans! il
eft vray, M.de reprit Verfac, mais
cela ne lui fait rien, peut-être
même la trouve-il trop jeune ;
quoiqu'il en foit, ce que je fçay
& quelqu'autres auffi c'eft que
vers cinquante ans, on ne lui
déplait pas.

Pendant cette impertinente
converfation, Verfac ne ceffoit
de regarder Mademoifelle de
Théville, mais avec une attention fi particuliere, que je ne
pus m'empêcher d'en fremir ;
l'idée que je m'étois faite de

ce grand homme, authorifoit
mes craintes. Je croyois qu'il
n'y avoit ni vertu, ni engage-
ment, qui pût tenir contre lui,
& il le croyoit lui même : il ne
douta donc pas un moment,
malgré le pronoftic de Madame deLurfay, qu'il ne féduifit
promptemen Mademoifelle de
Theville, mais elle en avoit
entendu dire tant de mal, que
fans compter fa vertu, il la
trouva prévenuë contre lui ;
il s'apperçut qu'elle étoit in-
fenfible aux agaceries des yeux,
& qu'elle n'avoit pas été étonnée de fa figure, cela le furprit.
Vainqueur né des femmes, ho-
noré de tant de triomphes,
& dans fon genre, le premier
des conquerants, il ne pouvoit pas croire qu'il pût man-
quer un cœur ; mais quand
ce cœur qu'il vouloit attaquer
n'eût pas alors été rempli de
la paffion la plus vive, il é-

toit vertueux : chofe que Verfac avòit trouvée fi rarement,
qu'à peine pouvoit-il imaginer
qu'elle éxiftât.

L'indifférence de Mademoifelle de Théville, ne le de-
couragea cependant pas ; il
fçavoit qu'elle étoit fille , titre
gênant qui oblige celles qui le
portent à mieux diffimuler leurs
defirs que lesfemmesà qui l'ufage du monde, l'habitude,& l'e-
xemple,donnent moins de timi-
dité.D'ailleurs,elle étoitdevant
fa Mere , & cette Mere dont
l'air étoit févere , & refervé,
devoit lui impofer , & la contraindre ; ces refléxions , que
vraifemblablement il fit , le
calmerent , il compta comme
Madame de Senanges avoit fait
qu'il ne fortiroit pas fans avoir,
à peu de chofe près , arrangé
cette affaire à fa fatisfaction ;
encore rougiffoit-il en lui même

me du répi qu'il se voyoit forcé d'accorder ; pour tâcher de
sçavoir plûtôt encore à quoi s'en
tenir , il étala ses charmes, il
avoit la jambe belle , il la fit
valoir , rit le plus souvent qu'il
put , pour montrer ses dents ,
il prit enfin ses contenances
les plus décisives , celles qui
montrent le mieux la taille , &
en developent le plus les graces.

Allarmé des desseins d'un
homme à qui l'on croyoit qu'il
étoit ridicule de résister , &
commençant à avoir mauvaise
opinion des femmes aussi sotte-
ment que je l'avois eu bonne ,
j'examinois Mademoiselle de
Théville; elle regardoit Versac
avec une froideur singuliere ,
& une sorte de mépris qui ne
laisserent pas de me rassurer :
pour Monsieur de Pranzi qui
s'avisa aussi de lui donner des

marques d'attention , elle ne
daigna feulement pas temoi-
gner qu'elle s'apperçut de fa
préfence.

A peine Verfac s'étoit-ilaffis,
que Madame de Senanges,
toujours ne fçachant que dire,
& n'en parlant que plus , fe mit
à l'interroger! peut on fçavoir,
lui demanda-t'elle , d'où vient
le Verfac ? à quels divins a-
mufements il avoit deftiné fa
journée? quelle heureufe belle
a tout aujourd'hui poffedé ce
heros ? vous demandez tant de
chofes, reprit-il , que je doute
que je vous fatisfaffe fur aucune. Il devient difcret , s'écria
fpirituellement Madame de Senanges, mais, Madame! ne vouloir pas nous dire ce qu'il a fait.
aujourd'hui, cela eft admirable,
pour moi j'en fuis confonduë
au poffible! dites nous donc ,
petit Comte , nous vous garde-

rons le secret ? voilà, dit Madame de Lurſay, une belle façon
de l'encourager ! laiſſez-la parler, Comte, & ſoyez ſûr que
tout Paris ſçaura demain ce
que vous nous aurez conté ce
ſoir.

En verité, s'écria Verſac ;
vous parlez de ma diſcrétion
comme ſi elle devoit vous être
indifferente à toutes deux! vous
ſçavez cependant qu'il y a des
choſes dont je n'ai jamais parlé, on pourroit avec un peu
de politeſſe me remercier... Eh !
de quoi ? répondit l'intrépide
Madame de Senanges. Pourſui-
vez, Madame, reprit Verſac a-
vec un ris mocqueur, ce coura-
ge-là vous ſied bien. Madame
de Senanges, toute étourdie
qu'elle étoit, connoiſſoit Verſac,
& n'oſant pas le défier ſur l'in-
diſcretion, elle lui demanda où
il en étoit avec une femme qu'el-

le lui nomma. Moi, dit-il, je ne la connois pas! beau myſtere, reprit-elle, pendant que tout Paris ſçait que vous en êtes paſſionnément amoureux! rien n'eſt plus faux, répondit-il, & Paris qui ſçait tout, ne ſçait pourtant pas cela ſi bien que moi. Le vrai de l'avanture, eſt que cette femme, qu'à peine je connois de vûë, s'eſt coëffée de l'idée que je l'aimerois un jour, & qu'en attendant que cela arrive, elle dit à tout le monde que nous ſommes bien enſemble. Cette impertinence a même pris de façon que pour peu que cela continuë, je ferai prier cette femme, mais très ſerieuſement, de ne me plus donner de ridicule. Mais il me ſemble, dit Madame de Lurſay, que c'eſt ſur elle, & non pas ſur vous que tombe le ridicule. Mon-Dieu, Madame, dit-il,

on voit bien que vous ne sentez
pas toutes les conséquences
qu'un discours pareil entraine !
mais elle est jolie, reprit Madame de Senanges ? oüi ! elle
est jolie, dit Pranzi, cela est
vrai, mais cela est obscur, c'est
une femme de fortune, cela
n'a point de naissance, ne con-
vient pas à un homme d'un
certain nom ; & il faut surtout
dans le monde garder les con-
venances. L'homme de la Cour
le plus desœuvré, le plus obe-
ré même, seroit encore blâ-
mé, & à juste titre, de faire un
pareil choix. J'aime Pranzi,
dit Versac en raillant, il a des
façons de penser tout-à-fait no-
bles. En effet, ces femmes-là
ne font bonnes qu'à ruïner, &
lorsque, comme lui par exemple, ce n'est pas cette idée
qui nous détermine, il ne faut
pas permettre qu'elles se fassent

une réputation à nos depens.
Affurément, reprit Madame de
Lurfay, elles ont grand tort,
& vous m'ouvrez les yeux. Parbleu, s'écria Verfac avec un air
de dépit, c'eft une chofe finguliere, oüi, que la perfécution
de ces petites efpeces ! encore
avec elles, n'eft-on pas fûr du
fecret ; comme ce n'eft que par
vanité qu'elles vous recher-
chent, vous en étes à peine aux
pour parler, que votre affaire
eft auffi publique que fi vous a-
viez dequoi vous en faire honneur. Je fuis furprife, reprit
Madame de Lurfay que vous
qui n'avez jamais fçu rien taire,
vous vous plaigniez d'une in-
difcrétion que vous auriez, fi
l'on ne l'avoit pas: vous fçavez
le contraire, Marquife, répondit-il, vous m'avez connu
certaine affaire, dont je ne di-
fois rien, & fur laquelle j'aurois

bien voulu que vous n'eussiez
point parlé plus que moi. Réel-
lement, vous m'aviez déja fait
tant de tracasseries que vous
auriez fort bien pû vous dis-
penser de me faire celle-là.

Versac qui n'étoit venu chez
Madame de Lursay que pour se
donner le plaisir de la mortifier, n'auroit pas manqué une
occasion où elle s'enferroit
d'elle même, si l'on ne fût venu
dire qu'on avoit servi. Résolu
de la poursuivre, il commença
par avertir en secret Madame
de Senanges, de qui il avoit pénétré les intentions, que Madame de Lursay faisoit tout ce
qui étoit convenable pour que
nous fussions bien ensemble, il
ne doutoit pas de l'usage qu'elle feroit de cet avis, & qu'au
moins elle en redoubleroit ses
agaceries. Ce ne fut pas tout, il
pria Pranzi de vouloir bien

traiter familierement avec elle,
& de faire, tout ce qui seroit
possible honnêtement, pour
que je ne pûsse pas douter qu'elle l'avoit autrefois bien traité.

Nous nous mîmes à table,
je fis vainement ce que je pus
pour être auprès de Mademoiselle de Théville, ou pour éviter du moins Madame de Senanges, rien de tout cela ne me
fut possible. Madame de Senanges dont la résolution étoit
prise, me mit d'autorité entre
elle & Versac, qui de son côté
ne put parvenir à s'approcher
de Mademoiselle de Théville,
que sa Mere, & Madame de
Lursay, gardoient soigneuse-
ment contre lui.

L'esprit qu'on employe ordinairement dans le monde, est
borné, quoi qu'on en dise, &
ce ton charmant qu'on appelle
le ton de la bonne compagnie,

n'est le plus souvent que le ton
de l'ignorance , du précieux ,
& de l'affectation. Ce fut le ton
de notre souper ; Madame de
Senanges, & Monsieur de Pranzi parlant toujours , & laissant
rarement à la raison de quel-
ques-uns d'entre nous , & à
l'enjoüement de Versac , le
tems de paroître, & de briller.

Toute occupée qu'étoit Madame de Senanges de son esprit,
elle me faisoit des agaceries
sans ménagement ; soit que ce
fût sa coûtume, de ne se contraindre jamais davantage, ou qu'elle
le fît à dessein de tourmenter
Madame de Lursay, à qui je m'a-
percevois qu'elles ne plaisoient
pas , d'autant moins que j'avois
en effet la fatuité de m'y prêter
un peu. Ce n'étoit pas que je ne
fusse extrémement prévenu contre Madame de Senanges; mais
j'étois comme tous les hommes
du monde qu'une conquête de

plus, quelque méprifable qu'elle
puiffe être , ne laiffe pas de
flatter ; d'ailleurs j'imaginois
par là me venger de Mademoifelle de Théville, que j'affectois
alors de regarder avec autant
d'indifference que j'avois cru
lui en remarquer pour moi.

Pendant que je me livrois aux
ridicules propos de Madame
de Senanges , Mademoifelle de
Théville tomba dans une rêverie profonde. De tems en tems
elle me regardoit, & quelquefois avec une forte de mépris
que je n'interprétois pas en bien,
& dont de moment en moment,
je lui voulois plus de mal; la feule chofe qui put m'en confoler ,
étoit le peu de cas qu'elle s'ob-
ftinoit toûjours à faire de Verfac
qu'un accident fi extraordinaire
mettoit prefque hors de lui.
Madame de Lurfay tourmentée
par la jaloufie que lui caufoit
Madame de Senanges, & les pro-

pos indécens, équivoques, & familiers que lui tenoit Monsieur de Pranzi, étoit malgré son attention sur elle-même, d'une tristesse mortelle : la perte de mon cœur qu'elle craignoit de faire, sa réputation cruellement compromise, & entre les mains de deux étourdis, qu'elle voyoit conjurés contre elle, & qu'elle étoit forcée de ménager, pouvoit-il être pour elle de situation plus affreuse?

Jamais la conversation ne tournoit vers la médisance, que craignant d'en devenir l'objet ; elle ne fît son possible pour la déranger ; mais la chose étoit difficile avec Versac, le malheur de ne pas plaire à Mademoiselle de Théville, lui donna de l'humeur, & toutes les femmes en souffrirent.

Avez-vous oüi parler, demanda-t-il, de la conduite de Mad. de ** & en concevez-vous une

plus finguliere ? avoir pris à fon
âge, après avoir été dévote
deux fois, le petit d * * * ? cela
eft plaifant ; dit Madame de Senanges, & en même tems très-ri-
dicule, très abfurde ; car enfin a-
près s'être rétirée du monde a-
vec tant d'éclat , il y falloit du
moins rentrer par une avanture plus férieufe. Qui que ce fût
qu'elle prît, dit Madame de Théville, je ne vois pas qu'au fonds
elle en eût été moins blâmable.
Oh! pardonnez-moi, Madame,
répondit Verfac , fur ces fortes
de chofes le choix ne laiffe pas
d'être important. L'on eft quelquefois moins blâmée d'un
Magiftrat que d'un Colonel ,
& pour une prude, par exemple , l'un eft plus convenable
que l'autre ; car à cinquante ans
prendre un jeune homme, c'eft
ajoûter au ridicule de la paffion,
celui de l'objet ; c'eft qu'il y a,

reprit Madame de Senanges, des
femmes qui ne sçavent ce que
c'est que se respecter : oüi, répondit Versac d'un ton irro-
nique , & en la regardant, cela
est vrai , il y en a , & en vérité,
les femmes....Oh point de the-
ses générales, interrompit-elle,
elles font toûjours en droit de
déplaire ; & moi je soûtiens le
contraire, reprit-il, ce font celles qui ne doivent jamais fâ-
cher : quoi, repliqua-t'elle, fi
vous dites , par exemple , que
toutes les femmes font faciles
à vaincre , fi vous imputez à
toutes les déreglemens dont
quelqu'unes feulement font ca-
pables , vous croyez que toutes
ne doivent pas s'en offenfer ?
fans doute, reprit-il, je le crois,
je crois plus encore , c'est qu'il
n'y a précifément que celles qui
font dans le cas de fe rendre
promptement, qui n'aiment pas

à l'entendre dire, & qui s'en
plaignent, je pense comme vous:
dit Madame de Théville, une
femme raisonnable ne doit
point s'attribuer ce qui n'est dit
que pour une femme qui ne l'est
pas, & pourvû que je ne me
rende pas moi, il m'est fort
indifférent qu'on dise qu'aucune femme ne sçait résister.
Mais comptez-vous pour rien,
Madame, dit Madame de Lursay, l'opinion que de pareils
discours peuvent donner de
nous? Eh! oüi, ajoûta Madame
de Senanges, & que sur un aussi
faux principe, un homme en
nous regardant seulement croie
que nous sommes subjuguées.
Hélas, Madame, dit Versac, c'est
qu'il en est malheureusement
tant d'exemples, qu'il y a plus
de sottise à ne le pas penser, que
de fatuité à le croire! Eh que
vous importe qu'on vous croie

subjuguée lorsque vous ne l'êtes
pas, répondit Madame de Théville, que fait à votre vertu
l'opinion d'un fat? croyez-moi,
Madame, pour peu qu'un homme vive dans le monde, il sçait
bien-tôt que les femmes, ne
sont ni toutes vicieuses, ni
toutes vertueuses, & l'expérien-
ce lui apprend aisement quelles
sont les exceptions qu'il doit
faire. Quand cela seroit vrai,
Madame, lui dit Madame de
Lursay, cela nous expose-t'il
moins aux sottes idées d'un jeune homme, qui en attendant
l'usage du monde & l'experience, commence toûjours par
mal penser de nous: & qui quelquefois, reprit Versac, avec
l'experience, & l'usage, ne trouve pas de quoy changer d'avis.
En vérité, Monsieur, dit Madame de Senanges, vous parlez comme quelqu'un qui n'au-

roit jamais vû que *mauvaiſe com-*
pagnie ! avant que de vous répondre là-deſſus , je voudrois
bien, Madame , lui dit il , que
vous me diſiez ce que c'eſt que
mauvaiſe compagnie ? Eh! mais,
répondit-elle , ce ſont dès femmes d'une certaine façon ; vous
conviendrez aiſément , reprit-
il, que votre définition n'eſt pas
juſte, puiſqu'en me ſervant du
même terme , je puis rendre
l'idée contraire , & vous dire
que des femmes d'une certaine
façon, ſont des femmes de *bonne*
compagnie; mais expliquons votre idée : par femmes de *bonne*
compagnie, qu'entendez-vous ?
ſont-ce les femmes vertueuſes ,
ces femmes qui n'ont jamais eu
la moindre foibleſſe à ſe reprocher ? ſans doute , reprit-elle !
ſans doute, s'écria Verſac, quoi
vous mettrez au même rang une
femme nottée par des avantures
infâmes

infames, ou celle qui n'aura
eu qu'une foibleſſe, que par ſa
façon de penſer, elle aura rendu
reſpectable ! Ah Madame, je
ſuis moins cruel, ce ne ſont pas
ces femmes-là que j'appellerois
mauvaiſe compagnie,& ſi vous les
trouvez telles, je conviendrai
avec vous,que je ne vois pas *bonne*
compagnie, puiſque de toutes les
femmes que je connois, j'en ſçai
peu qui n'ayent pas été ſenſibles:
quand cela ne ſeroit pas, Monſieur, vous ne le croiriez point,
reprit Madame de Lurſay, &
vous penſez ſi mal de nous....
il eſt vrai Madame, interrom-
pit-il, il eſt des femmes dont
je penſe on ne peut pas plus mal,
dont je regarde le manege avec
mépris, & auſquelles enfin je
ne connois nulle ſorte de vertu:
qui n'ont pas des foibleſſes, mais
des vices;toûjours les premieres
à crier ſur ce que l'on dit de leur

II Partie E

fexe, parce qu'elles ont toûjours à couvrir leurs interefts
particulier de l'interêt géné-
ral : pour celles-la, fans doute,
le moindre trait eft cruel, elles
perdent tant à être connuës,
& dans le fonds de leur cœur le
fçavent fi bien, qu'elles ne peuvent fupporter rien de ce qui les
démafque, ou les définit, ainfi
quand je dirai, *les femmes fe rendent promptement, à peine atten-
dent-elles qu'on les en prie*; fi je
fais un portrait defavantageux
de quelques unes, il me fera permis de croire que celles qui s'é-
levent contre, penfent qu'ils
leur reffemble. Sans doute, Monfieur, dit Madame de Théville,
& la colere furces fortes de chofes, prouve feulement qu'on
penfe mal de foi-même. Eh
bien, Madame, dit Verfac en
s'adreffant à Madame de Senanges, qui me faifoit des mines,

concevez-vous à préſent pourquoi tant de femmes ſont fâ-
chées , & pourquoi Madame
de Théville ne l'eſt point.
Tout ce que je conçois, repondit-elle , c'eſt qu'il vous ſied
moins qu'à un autre de parler
mal des femmes, & que le plus
grand de leur ridicule eſt de
vous traiter comme elles font.
C'eſt peut-être à cauſe de cela,
reprit-il en riant , que j'en ai
ſi mauvaiſe opinion. Ce qui
m'outre de fureur, dit-elle, c'eſt
que ce ton de mépriſer les femmes devient à la mode , & qu'il
n'y a pas juſqu'aux *Auteurs*
qui ne l'ayent pris. Il me tomba
entre les mains il y a quelques
tems, une premiere partie de je
ne ſçai quoi, une brochure déteſtable où nous étions traitées
à faire horreur ! auſſi ne l'a-
chevai-je pas: en vérité, dit Madame de Lurſay , ces mauvais

petits livres là devroient bien
être deffendus! pourquoi donc
Madame, repliqua Verſac ? les
femmes font ce qu'il leur plaît,
l'Auteur en écrit ce qu'il veut:
il en dit du mal, elles en diſent
de ſon livre ; elles ne ſe corri-
gent pas , ni lui non plus peut-
être , juſques ici je les trouve
quitte à quitte.

En achevant ces paroles on
leva table, Verſac commençant
à douter de la réüſſite de ſes
projets, Madame de Senanges
occupée à pouſſer les ſiens, &
Madame de Lurſay déſeſperée
des façons malhonnêtes de Mr.
de Pranzi qui la preſſoit aſſez
haut de lui rendre des bontés
qui , diſoit-il , lui devenoient
plus néceſſaires que jamais.
Quelque chagrin que de pareils
diſcours lui cauſaſſent , ils n'é-
galoit pas celui de m'avoir
vû répondre à Madame de Se-

nanges, fur qui, malgré la contrainte qu'elle s'impofoit, elle
jettoit de tems en tems des
yeux d'indignation, & de mépris. Elle l'avoit entendu me
parler fentiment pendant tout
le fouper, & fe plaindre de ce
que tout ce qu'il y avoit de
mieux en France, allant chez
elle, je n'euffe pas encore fongé
à m'y faire prefenter. Elle la
connoiffoit trop, pour ne pas
fçavoir que les complimens les
plus fimples, avoient toûjours
chez elle un objet marqué;
on m'avoit trop interrogé fur
l'état de mon cœur, pour que
cette curiofité ne fût qu'indiffé-
rente. Madame de Senanges
étoit vive, ne ménageoit rien
quand il s'agiffoit d'une conquête nouvelle, cherchoit
moins à toucher qu'à plaire, &
difpenfoit volontiers de l'a-
mour, & de l'eftime, pourvû
qu'elle infpirât des defirs. Ma-

dame de Lurfay n'ignoroit pas
à quel point nous en fommes
fufceptibles,&même en me fup-
pofant extrêmement amoureux
d'elle, ne doutoit pas que je ne
me livraffe, pour le moment
du moins, à une femme qui
fcauroit malgré moi-même me
le faire trouver ; & m'y rame-
ner plus d'une fois. La froideur
que j'avois marquée pour elle
depuis mon manque de refpect;
le peu de foin que j'avois pris
de lui plaire, la complaifance
que j'avois euë pour Madame
de Senanges, tout lui faifoit
craindre que je nefuffe près de
changer. Impatiente de connoître mes fentimens, elle n'o-
foit cependant s'en inftruire.
Au milieu de tant de monde,
& qui lui étoit fi fufpect, le
moien d'arranger un rendez-
vous? dailleurs, comment après
ce qui s'étoit paffé entre nous,
me le propofer fans me donner

d'elle, les plus affreuses idées? heureusement pour moi, la décence l'emporta. Madame de Senanges qui en étoit un peu moins susceptible, & qui avoit vû que je ne m'aidois presque pas, que les regards les plus marquésnem'instruisoientpoint & qu'aux prieres pressantes qu'elle m'avoit faites de la voir, je n'avois répondu que par des révérences, qui ne décidoient pas son état, ne sçavoit plus comment me faire comprendre ce qu'elle exprimoit si bien. Il ne lui restoit plus pour me mettre au fait qu'un mot, mais toute irreguliere qu'elle étoit, elle n'osa pas le prononcer, soit parce que je ne l'en pressai point, ou ce qui est aussi vraisemblable, parce qu'elle ignoroit que j'avois besoin de l'explication la plus claire.

Nous avions épuisé à souper

ce qu'il y avoit de plus nouveau
en médifance ; fans cette ref-
fource , on foûtient difficilement la converfation, & devant
Verfac, & Madame de Senanges,
la raifon ne pouvoit point paroître long-tems. Bientôt nous
ne fçûmes plus que nous dire.
Madame de Lurfay que Mon-
fieur de Pranzi continuoit à im-
patienter , propofa de joüer ,
nous y confentîmes, & moi fur-
tout qui efperoit que le jeu me
mettroit auprès de Mademoifelle de Théville. Le fort ne me
fervit cependant pas auffi bien
que je le defirois. Madame de
Lurfay, qui connoiffoit toute la
mauvaife volonté de Verfac ,
& qui vouloit fe donner en
fpectacle devant lui , le moins
qu'il lui feroit poffible , me mit
avec Madame de Théville, contre Madame de Senanges &
contre lui , & fit une reprife

'd'hombre avec Hortenfe, &
Monfieur de Pranzi. Dans le
chagrin que j'en eus, je penfai
rompre la partie que je venois
d'accepter. Pour m'en dédommager du moins, je me plaçai de
façon que j'avois Mademoifelle
de Théville en face : pénétré
du plaifir de la regarder, je ne
fçus pas un inftant ce que je faifois. Occupé d'elle fans relâche,
je ne m'attachois qu'à fes mouvemens. Nous nous furprenions
quelquefois à nous regarder,
il fembloit que nous euffions le
même interêt à démêler ce qui
fe paffoit dans nos cœurs. La trifteffe où je la voyois plongée,
m'en caufoit à moi-même, &
les réflexions qu'elle me faifoit
faire, me donnerent des diftractions fi fréquentes, que Verfac,
qui crut qu'elles avoient Madame de Lurfay pour principe,
ne put s'empêcher d'en rire, &

II. Partie. G

de les faire remarquer à Madame de Senanges qui en hauſſa
les épaules de pitié, ſans cependant en rien diminuer des eſpé-
rances qu'elle avoit fondées ſur
ma perſonne. Le jeu ne nous in-
tereſſoit pas aſſez pour nous tenir dans le ſilence. Verſac, &
Madame de Senanges don-
noient de tems en tems, carriere
à leur humeur médiſante, ce
qui joint à mon peu d'applica-
tion, impatientoit Madame de
Théville qui aimoit le jeu comme une femme qui n'aime point
autre choſe. Verſac, chantoit
entre ſes dents, des couplets
nouveaux, & fort méchants.
Madame de Senanges que la
calomnie amuſoit ſous quelque
forme qu'elle ſe préſentât, les
demanda à Verſac, qui répondit
qu'il ne les avoit pas, & qu'il
étoit aſſez malheureux pour ne
les ſçavoir que par fragmens.

Je les ai, Madame, lui dis-je,
& sur le champ, je les lui offris.
elle s'opiniâtra poliment à les
refuser, & me pria seulement
de vouloir bien les lui faire co-
pier. Je lui promis de les lui envoyer le lendemain matin : les
envoyer, dit Versac d'un air
d'étonnement, vous n'y pensez
pas ; ne-voyez-vous pas bien,
ajoûta-t'il tout bas, qu'on ne
vous les auroit point demandés
si l'on n'avoit pas cru que vous
les porteriez vous-même, c'est
la regle ? n'est il pas vrai, demanda-t'il à Madame de Senanges, on porte soi même ces
fortes de bagatelles ? cela est
plus poli, répondit-elle en sou-
riant, mais je ne veux pourtant
pas le gêner. Je sentis bien que
par cette démarche, Madame
de Senanges vouloit me faire
entrer en commerce avec elle,
mais ne pouvant l'éviter sans

G ij

une impoliteſſe impardonnable, je pris le parti de me ſoûmettre à la déciſion de Verſac, & de dire à Madame de Senanges que je lui porterois le lendemain les vers qu'elle ſouhaitoit, puiſqu'elle vouloit bien me le permettre. Elle parut contente de l'aſſurance que je lui en donnois, & Verſac qui mettoit ſi bien les affaires en train, de tourmenter Madame de Lurſay, en fut, je crois, encore plus charmé que Madame de Senanges.

Nos parties finirent peu de tems après, à l'extrême ſatiſfaction de Madame de Lurſay, qui pour tâcher de dérouter Verſac, s'étoit ſacrifiée, non-ſeulement en joüant avec un homme qu'elle déteſtoit, mais encore en me laiſſant expoſé aux empreſſemens d'une femme qui devenoit ouvertement ſa rivale,

Cependant le tems de sortir
de chez Madame de Lurſay
approchoit. J'allois perdre Mademoiſelle de Théville, & près
de la quitter, je ſentis combien
je deſirois de la revoir; ce bien,
alors l'unique de ma vie, je ne
voulois plus, s'il ſe pouvoit, attendre que le hazard m'en fît
joüir. Sans l'éloignement qui
étoit entre Madame de Théville, & ma mere, il m'auroit
paru facile de me procurer un
accès chez elle, mais retenu
par cette conſidération, & craignant que Madame de Thé-
ville ne reçût pas convenablement pour moi, la priere que je
lui ferois de me permettre de
la voir, je n'oſois la hazarder.
Je m'étois approché de Mademoiſelle de Théville, & prenant
pour texte de la converſation,
la repriſe qu'elle venoit de faire,
je lui demandai comment le jeu

l'avoit traitée. Aſſez mal , me répondit-elle froidement ; je n'y ai pas été, répris-je, plus heureux que vous. A la façon dont vous jouïez, repliqua-t'elle, il auroit été difficile que vous euſſiez fixé la fortune , & ſi je ne me trompe , je vous ai entendu ré-procher vos diſtractions. Vous n'avez pas été plus attentive , lui dit àlors Madame de Lur-ſay , & je ne crois pas que vous ayez été un moment à votre jeu. C'eſt répondit-elle en rougiſſant, que l'hombre m'ennuie. Je ne ſçai , dit Madame de Théville, mais je lui trouve depuis quel-que tems , un fonds de triſteſſe qui m'allarme & que rien ne peut diſſiper. Elle aime trop la ſolitude , dit Madame de Lur-ſay , & je veux que demain nous prenions enſemble des meſures pour la diſtraire. Les plaiſirs de ma couſine m'intereſſent auſſi ,

dis-je à demi-bas à Madame de
Théville, s'il me vient quelques
idées, voudrez-vous me permettre d'aller vous en faire part
chez vous? Je ne vous crois pas
excellent pour le conseil, répondit-elle en riant, mais il n'importe Monsieur, vous me ferez
plaisir. En ce cas, me dit Madame de Lursay, mais d'un ton
fort bas, si vous voulez vous
rendre ici demain l'après-dînéé
nous irons ensemble chez Madame. J'acceptai avec transport
cette proposition, si charmé de
l'esperance de voir le lendemain ce que j'adorois, que je
ne fis aucune réflexion, ni sur
le lieu du rendez-vous, ni sur
le véritable objet qu'il pouvoit
avoir.

Pendant que je me félicitois
de m'être procuré un bonheur
qui m'étoit si nécessaire, Versac tout indisposé qu'il étoit

contre Mademoiselle de Théville, lui parloit sur sa mélancolie, & sur les moyens de la
détruire. Quoiqu'il traitât assez sagement cette matiere a-
vec elle, il ne put en obtenir
que des réponses froides, &
qui marquoient positivement
le peu de cas qu'elle faisoit de
lui. Trop vain pour témoigner
tout le dépit qu'il en ressentoit,
il fut cependant assez sensible
pour n'y paroître pas indiffe-
rent, & je le voyois rougir malgré
lui, du peu d'attention que l'on
marquoit pour ses charmes.
Cette conquête étoit en effet
trop flatteuse pour en perdre
l'espérance sans regret.

Plaire à une femme ordinaire, la voir passer des bras d'un
autre dans les siens, c'étoit
un triomphe auquel il étoit ac-
coutumé, & qu'il partageoit
avec trop de gens, pour que sa

vanité en fût contente. Dans ce grand nombre de femmes qui toutes briguoient le bonheur de fixer un moment ses regards, peut-être n'en avoit-il pas trouvé une qui pût flatter son orgueil. Femmes perduës depuis long-tems de réputation, & qui vouloient finir par lui. Femmes insensées dont un homme à la mode, quel qu'il soit, mérite les hommages, & qui se rendent à ses agrémens, moins encore qu'au plaisir d'entendre dire quelque tems qu'elles lui appartiennent. Plus touchées de s'être procuré une avanture qui les deshonore à jamais, que des plaisirs d'un commerce secret qui ne feroit point parler d'elles, voilà ce qu'il trouvoit tous les jours. Objet de la fantaisie de toutes les femmes, ne régnant sur le cœur d'aucune, & lui même indif-

férent pour toutes, cédoit à
leurs defirs fans les aimer, vi-
voit avec elles fans goût, & les
quittoit fans les connoître plus
que quand il les avoit prifes,
pour fe donner à d'autres qu'il
ne connoîtroit, ni n'eftime-
roit davantage.

Ce n'étoit pas que de quelques attraits que Mademoifelle
de Théville fût pourvûë, elle
pût infpirer de l'amour à Verfac; il n'étoit point fait pour
connoître ces mouvements tendres qui font le bonheur d'un
cœur fenfible; mais celui de
Mademoifelle de Théville é-
toit auffi neuf que fes charmes,
& fans chercher à le rendre
heureux, il auroit voulu fe le
foumettre. Comme on ne lui a-
voit jamais réfifté que par co-
quetterie, il vouloit, une fois
du moins, s'amufer du fpectacle d'une jeune perfonne vain-

cuë fans le fçavoir, étonnée de fes premiers foupirs, toute entiere à l'amour quand elle croit le combattre encore, qui ne refpire, ne penfe, n'agit que pour fon amant,& pour qui rien n'eft plaifir,peine,& devoir que tout ce qui tient à fa paffion. La conquête de Mademoifelle de Théville n'auroit fans doute, toute brillante qu'elle étoit, fatisfait que l'orgueil de Verfac, qui quoiqu'il n'aimât rien, imaginoit pourtant du plaifir à être tendrement aimé ; plaifir qu'il n'étoit pas affez dupe pour chercher chez les femmes qu'il honoroit de fes faveurs. Il avoit compté fur les bontés de Mademoifelle de Théville, & ne pouvoit concevoir ce qui lui procuroit un défagrement qu'il n'avoit jamais éprouvé.

Las du perfonnage qu'il joüoit, il fe determina à prendre con-

gé de Madame de Lurſay. Il
étoit tard, & nous en fîmes
tous autant. Je ne doute pas
qu'elle ne ſouhaitât que je reſ-
tâſſe, mais il n'étoit pas queſtion d'imaginer des expédients
devant Verſac, qui joignoit a-
lors à ſa fineſſe naturelle, le deſir de lui donner des travers.
Madame de Senanges me ſup-
plia en me quittant, de ſonger
aux couplets que je lui avois
promis, & Verſac qui lui donnoit la main, la pria ironique-
ment de n'être pas inquiéte ſur
une affaire dont il faiſoit la
ſienne. Monſieur de Pranzi
donnoit la main à Madame de
Théville, & je ne voyois que
moi pour conduire Hortenſe.
Je lui préſentai la main, mais
je n'eus pas ſitôt touché la ſienne que je ſentis tout mon corps
trembler, mon émotion de-
vint ſi violente qu'à peine pou-

vois-je me soutenir. Je n'osai ni lui parler, ni la regarder, & nous arrivâmes tous deux à son carosse, en gardant le plus profond silence. Versac l'y attendoit pour lui faire la plus froide reverence qu'il pût imaginer ; ce qu'il fit, je crois, pour lui marquer combien il étoit mécontent de sa conduite, ou pour lui prouver de l'indifference. Madame de Senanges m'accabla encore de ses cruelles agaceries, comme Mademoiselle de Théville de sa froideur; elles partirent, & je me hâtai d'autant plus de les suivre, que je craignois qu'il ne prît un remords à Madame de Lursay.

Je passe sur les sentimens qui m'occuperent cet nuit là. Il n'y a pas d'homme sur la terre assez malheureux pour n'avoir jamais aimé, & aucun qui ne soit par consequent en état de

se les peindre. Si la vanité feule avoit pû fatisfaire mon cœur,
il auroit fans doute été moins
agité. Madame de Senanges toute occupée du foin de me plaire,
Madame de Lurfay de qui je n'a-
vois plus de délais à craindre,
me mettoient dans une fitua-
tion brillante ; la prémiere fur
tout qui, fi elle ne s'attiroit plus
par fes charmes l'attention publique, fe la confervoit toujours
par de nouvelles avantures. Peu
flatté de me voir en même
tems l'objet des vœux d'une
prude, & d'une femme galante,
le cœur qui fembloit fe refufer
à mes defirs, étoit le feul qui pût
remplir le mien. Témoin de la
triftefle d'Hortenfe, & de fa froideur pour moi, à quoi pouvois-
je mieux les attribuër qu'à une
paffion fecrette ? les premiers
foupçons que j'avois portés fur
Germeüil, fe réveillerent dans

mon esprit; à force de m'y arrêter, ils s'accrurent. Je crus avoir
vû mille choses qui d'abord
m'avoient moins frappé, &
qui toutes me convainquoient
de leur ardeur mutuelle.

Je fus incertain le lendemain
si je dirois à Madame de Meilcour, que j'avois vû Madame
de Théville. Je craignois que
l'antipathie qui les désunissoit
ne la portât à me deffendre de
la voir. J'étois si sûr en ce cas
de lui désobéïr, que j'aurois
voulu ne m'y pas exposer. Il pouvoit être plus dangereux de lui
dérober mes démarches, elle
n'auroit pû les ignorer longtems,
& le mystere que je lui en ferois
ne serviroit peut-être qu'à les
lui faire observer avec plus de
soin. Je crus donc que le parti
le plus sage, non seulement
pour mon amour, mais encore pour rendre à Madame de

Meilcour ce que je lui devois ;
étoit de ne lui rien cacher. J'entrai chez elle, & en lui racon-
tant comme une chose indiffé-
rente, ce que j'avois fait la veille,
je lui dis que j'avois vû Madame de Théville. Ce nom que
j'osois à peine lui prononcer,
ne lui causa pas le mouvement
que je craignois, elle me répondit froidement qu'elle ne
croyoit pas que Madame de
Théville fût à Paris. Madame
de Lursay qui sçait que vous ne
l'aimez pas, repris-je, a craint,
sans doute, de vous en parler.
Ce n'étoit rien de fâcheux à
m'apprendre que son retour,
repliqua-t-elle, l'éloignement
que nous avons l'une pour l'autre, ne nous rend pas ennemies:
vous ne desaprouverez donc
pas, lui dis-je, que je la voye?
au contraire, répondit elle, elle a trop de vertus pour que son
commerce

commerce ne vous foit pas infiniment utile. Mais , ajoûta-t-
elle, on m'a dit que fa fille étoit
belle , l'avez-vous vûë , comment la trouvez-vous ?

Je fus fi embarraffé de cette
queftion , toute fimple qu'elle
étoit , que je penfai lui répondre que je n'en fçavois rien. Je
ne me remis de mon trouble
que pour m'en préparer un autre. Obligé de dire ce que je
penfois de Mademoifelle de
Théville, l'amour me dicta fon
éloge.

Si je l'ai vûë, & comment je
la trouve , m'écriai-je ! Ah,
Madame, vous en feriez en-
chantée ! fa figure , fon maintien , fon efprit, tout plaît
en elle , tout y attache. Ce
font les plus beaux yeux,
les plus tendres, les plus tou-
chants ! fi vous l'aviez feulement vû fourire !... , vous la

loüés vivement, interrompit-elle, & vous aimeriez mieux à ce
que je crois, vivre avec elle
que moi avec sa mere. Je ne
m'aperçus que dans cet inſtant
que j'en avois trop dit. Madame, lui répondis-je avec une
émotion qu'en vain je voulois
contraindre, je vous l'ai peinte
telle que je l'ai vûë, & peut-être
encore moins bien qu'elle n'eſt;
je vous avoüerai cependant que
je ne me ſuis pas trouvé de diſ-
poſition à la haïr. Je ne ſoû-
haite pas, dit-elle, que vous la
haïſſiez, mais je voudrois que
ſes charmes vous fiſſent moins
d'impreſſion, qu'ils ne me paroiſ-
ſent vous en faire. Eh! que vous
importeroit, Madame, répondis-je, quand je l'aimerois, en
ſerois-je aimé? Eh ſi vous ne
l'aimiez déja, repliquat elle,
ſes ſentimens vous occupe-
roient-ils? Quoi Madame, re-

pris-je , pourriez vous penser
qu'en un moment que je l'ai
vûë , elle eût pû m'inspirer de
l'amour ? Elle est belle , & vous
êtes jeune , répondit ma mere ,
à votre âge les coups de sim-
pathie sont à craindre, & moins
on a d'experience , plus on
s'engage facilement. Mais,
Madame, lui demandai-je , seroit-ce un si grand mal que je
l'aimasse ? oüi , répondit-elle
froidement , c'en seroit un ,
puisque cette passion ne vous
rendroit pas heureux. Peut-être
répondis je , mes craintes sur
son indifférence pour moi, sont-
elles sans fondement ? je serois
bien fachée que cela fût , dit-
elle, & sa sensibilité pour vous,
ne vous rendroit que plus à
plaindre. Je suis bien aise de
vousapprendre , que j'ai des
vûëssur vous,& qu'elles n'ont
pas Mademoiselle de Théville

H ij

pour objet, elle n'eſt pas faite
pour occuper votre caprice,
& je ne vous conſeille pas, encore un coup, de lui rendre des
ſoins bien ſérieux: je me flatte,
ajoûta-t'elle, que je puis encore
vous parler là deſſus, & que
vous n'avez pas aſſez engagé
votre cœur, pour vous faire
une peine des avis que je vous
donne. Madame, repris-je, en
prenant tout ſur moi, pour ne
lui pas montrer ma douleur, je
ne vous ai parlé de Mademoiſelle de Théville, que par la né-
ceſſité où vous m'avez mis de répondre à vos queſtions. Je l'ai
trouvé belle, il eſt vrai, mais on
ne devient pas, du moins je le
crois, amoureux de tout ce qu'on
admire. Je l'ai vûë ſans émotion, & je la reverrai ſans péril
pour mon cœur. Vous êtes cependant, Madame, ajoûtai je, maîtreſſe d'ordonner de mes dé-

marches, & je renonce à la
voir jamais si vous croiez que
je le doive.

Mon air tranquille en im-
posa à Madame de Meilcour,
qui d'ailleurs m'aimoit trop
pour qu'il me fût difficile de la
tromper. Non, mon fils, répondit-elle, voyez-la, quelque soit
le but du commerce que vous
voulez lier avec elle, qu'il ait
l'amour pour objet, qu'il n'en
ait point du tout, dans aucun
de ces cas, je ne dois, ni ne veux
vous contraindre. Mes ordres,
si vous l'aimez, ne détruiront
pas votre passion, & si vous ne
l'aimez point, je ne suis pas
assez ridicule pour vous en faire
naître le desir, en vous inter-
disant sa vûë. Cette conversation tourmentoit trop mon
cœur, pour chercher à la con-
tinuer, & je pris congé de ma
mere, pour aller chez Madame

de Lurſay, qui devoit me conduire chez Hortenſe.

Je reflechiſſois ſur tout ce
qui s'oppoſoit à mon amour,
& moins je lui voyois d'eſpéran-
ce d'être heureux, plus je le ſen-
tois s'affermir dans mon cœur.
Un rival à qui je ne croyois
plus rien à deſirer, une mere
qui ſur un ſimple ſoupçon venoit de ſe déclarer contre moi,
une femme dont j'allois bleſſer
la paſſion, ou le caprice, choſe
également dangereuſe, rien ne
m'arrêta. J'entrai chez Madame de Lurſay, rempli d'Hortenſe, & peu diſpoſé à me ſou-
venir de ce qui s'étoit paſſé la
veille avec la premiere, que
depuis mes ſoupçons ſur Monſieur de Pranzi, je mépriſois
plus que jamais.

Malgré toutes les ménaces
qu'elle m'avoit faites de prendre des précautions contre moi,

je la trouvai feule, elle me reçut
comme on reçoit quelqu'un
avec qui l'on croit avoir tout
terminé ; avec tendreffe, & familiarité ; ma froideur car je
ne me prêtai à rien, l'embarraf-
fa , des réverences , du refpect ,
un air morne , quel prix ! & de
ce qu'elle avoit fait pour moi,
& des bontés qu'elle me pré-
paroit encore! comment accorder auffi peu d'amour , & d'em-
preffement avec les tranfports
que je lui avois montrés ? elle fe
croyoit en droit de s'en plaindre , & ne l'ofoit cependant
pas faire. Elle me regardoit avec
des yeux étonnés , & cherchoit
vainement dans les miens, l'ardeur que je femblois lui avoir
promife. Interdit , & plus contraint que jamais, j'étois auprés
d'elle, moins comme un amant
qui eft encore à favorifer , que
comme un qui fe laffe de l'être.

je ne lui avois dit en entrant que
des chofes communes , jargon d'ufage profcrit entre deux
perfonnes qui s'aiment. Outrée
d'un procédé fi peu convenable,
& ne l'ayant pas merité de ma
part, elle fe rappella Madame
de Senanges, & ne douta point
qu'une indifférence fi fubite, ne
fût caufée par un nouveau goût
qui me déroboit à fa tendreffe.
Cette idée qui n'étoit pas fans
fondement, la pénétra de douleur : elle voyoit une femme
fans mœurs , fans jeuneffe, fans
beauté , lui enlever en un jour
le fruit de trois mois de foins,
& dans quel tems encore , &
après quelles efpérances ! lorfqu'elle pouvoit fe croire fûre
de mon cœur, qu'elle avoit
vaincu fes fcrupules , & qu'enfin j'avois furmonté mes préju-
gés.

Je m'apperçus aifément, quoiqu'elle

qu'elle gardât le silence, de son mécontentement, & de sa douleur, mais je ne sçavois que lui dire. L'idée d'Hortense, & les discours de ma mere, me remplissoient tout entier, & me laissoient peu de pitié pour les maux que je faisois souffrir à Madame de Lursay. Ennuié cependant d'être si long tems seul avec elle, je pris mon parti. Madame, lui demandai-je, ne devions nous pas aller chez Madame de Théville? oüi, Monsieur, repondit-elle sechement, je vous attendois, je commençois même à croire que vous aviez oublié que je devois vous y conduire. Jen'ai pas, repris-je, d'aussi ridicules distractions. Vous avez cependant, répondit-elle, un assez beau sujet d'en avoir, & je crois qu'il n'y a que Madame de Senanges que vous ne puissiez plus oublier.

II. Partie. I

Cette Madame de Senanges,
qu'on m'accusoit de ne pouvoir
plus oublier , existoit pourtant
si peu dans ma mémoire, que je
ne me souvins que dans cet ins-
tant , de la visite qu'elle m'a-
voit engagé à lui faire. La jalousie de Madame de Lursay ne
me déplut point , il m'importoit qu'elle ne découvrît pas
quel étoit le véritable objet de
ma passion, & je vis avec joie,
Madame de Senanges devenuë
celui de ses craintes. Le plaisir
de la voir se tromper , me fit
sourire malgré moi. L'indifférence avec laquelle je recevois
l'espece de reproche qu'elle me
faisoit , la piqua sensiblement :
vous avez assûrément fait un
beau choix , continua-t'elle,
voyant que je ne lui répondois
rien, vous ne pouviez pas débuter mieux , cela est respectable, & doit vous faire honneur.

Je ne fçais, Madame, repon-
dis-je froidement, de quoi vous
me parlez. Vous ne fçavez, interrompit-elle d'un air railleur,
cela eft fingulier : j'aurois cru,
quoique votre deffaut ne foit
pas de déviner aifément, que
vous ne vous tromperiez pas à
ce que je veux vous dire, &
vous ne vous y trompez pas
nonplus. Mais fi vous aviez re-
folu d'être difcret aujourd'hui,
il falloit hier vous y préparer
mieux, & ne pas découvrir à
tout le monde l'important fecret de votre cœur. Après tout,
Madame de Senanges n'exige
pas tant de myftere, fa vanité
veut un triomphe public, &
vous la fervirez bien mal, fi
vous lui gardez le fecret. Vous
me mettez mieux avec Madame de Senanges que je ne fou-
haite d'y être : Madame, re-
pondis-je, & je doute auffi qu'el-

le m'honore d'un sentiment particulier. Vous en doutez, reprit-elle, j'aime votre modestie, vous n'en paroissiez pas hier si rempli ; & vous lui répondîtes comme quelqu'un qui avoit pénétré ses intentions , & ne s'éloignoit pas de s'y conformer. Je ne sçais, répliquai-je, qu'elles sont , sur mon compte, ses intentions , mais j'ai cru pouvoir repondre à ses politesses , sans que ce fût pour vous matiere à réproches. A l'égard des reproches, reprit-elle vivement , je ne me crois point en droit de vous en faire, l'amour ici pourroit seul les autoriser , mais l'amitié peut donner des avis , & si vous imaginez davantage, vous m'entendez mal; au sursurplus, vous me permettrez de vous dire que la politesse n'exige point qu'on fasse des mines à quelqu'un. En vérité , Mada-

me, m'écriai-je, j'ignore ce que
c'eſt qu'une mine, & vous le
ſçavez bien. Madame de Senanges a eu ſans doute des attentions pour moi, mais je n'y ai
dû remarquer rien de ce deſir
de me plaire que vous lui attri-
buez: ſi en effet il exiſte, c'eſt
un ſecret qu'elle s'eſt reſervée
& qui n'a point paſſé juſques à
moi. J'ai repondu à ce qu'elle
m'a dit, mais elle ne m'a parlé que de choſes générales dont,
quand je l'aurois voulu, je n'aurois pû ſans être un fat, à ce
qu'il me ſemble, tirer de conſéquence particuliere. Vous ſçavez vous même que nous ne
nous ſommes pas parlé en ſecret: ſans ſe parler en ſecret,
interrompit-elle, il y a bien des
choſes, ſur leſquelles on peut
s'arranger, & vous ne vous en
êtes pas moins donné un rendez-vous. J'ai promis ſimple-

ment, repliquai je, de lui porter des couplets qu'elle avoit
envie d'avoir, & je ne crois pas
qu'en aucun fens, cela puiffe
s'appeller un rendez-vous. S'il
ne l'eft pas, reprit-elle brufque-
ment, il le deviendra: mais ne
pouviez-vous pas lui laiffer chercher ces vers, étoit-il neceffaire
de vous vanter de les avoir ? Je
n'ai fait pour elle, répondis-je,
que ce que j'aurois fait pour
tout autre, & fans Monfieur
de Verfac, qui m'a engagé à
les lui porter chez elle, malgré
moi, je ferois quitte aujour-
d'hui de cette vifite, qui me
procure une querelle de votre
part. Une querelle, dit-elle en
hauffant les épaules, cette ex-
preffion me paroît finguliere!
Eh! non, Monfieur, je ne vous
fais point de querelle, je vous
l'ai dit, je vous le repete,
ayez donc la bonté de m'en

croire. Je mets fort peu de vivacité dans ce que je vous dis.
En effet que m'importe à moi
que vous aimiez Madame de
Senanges ? n'êtes-vous pas le
maître de vous donner tous les
ridicules qu'il vous plaira ? Des
ridicules, repris-je, & à propos de quoi ? A propos de Madame de Senanges feulement,
repondit-elle, on partage toûjours le deshonneur des perfonnes à qui l'on s'attache, un
mauvais choix marque un mauvais fonds, & prendre du goût
pour une femme comme Ma-
dame de Senanges, c'eſt avoüer
publiquement qu'on ne vaut pas
mieux qu'elle ; c'eſt fe dégrader
pour toute fa vie. Oüi, Monſieur,
ne vous y trompez pas, une fan-
taiſie paſſe, mais la honte én eſt
éternelle quand l'objet en a été
méprifable. Nous fortirons à
prefent quand vous voudrez,

ajouta-t'elle en se levant, je n'ai
plus rien à vous dire.

Je lui donnai la main, elle
marchoit sans me regarder; &
je m'apperçus qu'elle avoit sur
le visage, des marques du plus
violent dépit. En effet, quoi de
plus mortifiant pour elle, que
ce qui venoit de se passer entre
nous deux ? pouvois-je me deffendre avec plus de froideur,
& d'une façon plus insultante ?
est-ce ainsi qu'un amant se justi-
fie ? elle avoit trop d'esprit,
trop d'usage, & en même tems
trop d'amour pour ne pas sentir vivement ce qu'il y avoit
d'affreux pour elle dans mon
procédé. Jamais elle ne m'avoit
mieux montré sa tendresse, &
jamais je n'y avois aussi mal répondu. J'avois connu qu'elle me
faisoit des reproches, nous
étions seuls, & je n'étois pas
tombé à ses génoux ! je n'avois

pas fait de ce moment le plus heureux des miens! je la laissois sortir enfin! ignorois-je donc le prix d'une querelle.

Je ne sçais si elle fit ces réflexions, mais elle monta en carosse d'un air qui m'assura qu'elle étoit infiniment mécontente, & que rien de gracieux ne lui remplissoit l'esprit. Je me plaçai auprès d'elle avec autant d'assûrance, que si elle eût eu tous les sujets du monde de se loüer de moi. Je vis pourtant bien qu'elle étoit fâchée, mais loin de lui faire là dessus la moindre politesse, je ne m'occupai que de mon objet. J'avois résolu de faire servir Madame de Lursay, à la réunion de Madame de Théville, & de ma mere, & sans éxaminer si ce moment étoit favorable, je ne voulus point perdre l'occasion de lui en parler. Ma mere, lui

dis-je, sçait que Madame de
Théville est à Paris, que je l'ai
vûë chez vous, Madame, & que
voulez bien m'y presenter aujourd'hui. Elle ne me répondit
rien. Madame, continuai-je,
intime amie d'elles deux comme
vous l'êtes, je suis surpris que
vous n'ayez pas encore pû gagner sur elles de se revoir, &
d'autant plus que Madame de
Meilcour ne me paroît pas s'en
écarter. Je ne crois pas, répondit-elle, sans me regarder, que
Madame de Théville refusât
de se prêter à ce que je lui pro-
poserois là dessus, j'en ai même
eu l'idée plus d'une fois, & je
me flatterois d'autant plus aisément d'y réüssir, que je sçais
qu'elles s'estiment mutuelle-
ment. Je puis répondre pour
ma mere, repris-je, qu'elle ne
se sent aucune aversion pour
Madame de Théville, & je ne

puis concevoir ce qui les éloigne l'une de l'autre. Des goûts
différents, un certain rapport
d'humeur qui ne se trouve pas
toûjours, forment affez fouvent
cet éloignement, répondit-elle,
nous vivons ordinairement plus
avec les gens qui nous plaifent,
qu'avec ceux que nous eftimons.
Madame de Théville avec beaucoup de vertus, n'eft point douce ; l'inflexibilité de fon caractere fe retrouve par-tout dans
la fociété, il faut la connoître
extremement pour l'aimer, parce que les qualités de fon ame
ne fe dévelopent pas d'abord ;
& qu'elles font cachées fous une
dureté apparente qui révolte
affez, pour qu'on ne cherche
pas fi l'on peut en être dédom-
magé. Madame de Meilcour,
douce, prévenante, polie, née
avec autant de vertus, mais
avec des dehors plus agréables,

n'a pû s'accommoder de l'air
impérieux de sa cousine, & sans
se hair, elles ont depuis long-
tems cessé de se voir. Je sens ce
que vous me dites, répris-je,
& je conçois que sans le long
séjour de Madame de Theville
en Province, cette antipathie
auroit moins duré. Mais, répondit-elle, on ne peut pas appeller
cela de l'antipathie. Ce qui les
éloigne l'une de l'autre, est sans
doute moins fort, & plus facile à détruire. Oserois-je, Madame, lui dis-je, vous prier
d'employer vos soins pour les
raprocher? cela me paroît d'autant plus convenable qu'étant
vos amies, elles peuvent se ren-
contrer chez vous, & s'y voir
peut-être avec chagrin. Quand
cela seroit, répliqua-t'elle, elles
ont du monde, & de l'esprit,
& ne se livreroient pas avec indécence à leurs mouvemens,

quelques violents qu'ils pûssent
être. C'est au contraire chez
moi que je veux qu'elles se
voient. Les préparer avec éclat
à un racommodement, ce seroit
peut-être les y mal disposer , &
il me suffit de les connoître toutes deux pour ne pas craindre
de faire une fausse démarche,
en les mettant à portée de se
revoir.

Comme elle finissoit ces paroles , nous arrivâmes chez Madame de Théville. Le plaisir
de penser que j'allois revoir
Hortense , me donna cette é-
motion que je sentois auprès
d'elle , & j'en négligeai plus encore Madame de Lursay , que
mes rigueurs mal placées , a-
voient jettée dans un abbate-
ment inconcevable. Je l'avois
entendu soupirer dans le carosse , chaque mot qu'elle m'a-
voit dit , elle l'avoit prononcé

d'une voix tremblante, & comme étouffée par la colere, ou par la douleur ; toutes chofes dont elle avoit bien voulu que que je m'aperçuffe, que je vis en effet, mais fans paroître y prendre plus de part, que fi je ne les euffe pas caufées. L'état où je la mettois flattoit cependant ma vanité, c'etoit un fpectacle nouveau pour moi, mais qui m'amufoit fans m'attendrir, & qui ceffoit même de me paroître agréable, quand je me fouvenois qu'elle l'avoit donné à Monfieur de Pranzi, fans compter encore ceux que je ne connoiffois pas, & que je croiois innombrables, car la mauvaife opinion que j'avois d'elle, étoit fans bornes. Nous entrâmes enfemble chez Madame de Théville, Hortenfe étoit feule avec elle. Malgré fa grande parure je lui trouvai l'air abbatu, mais cette lan-

gueur,ajoûtoit encore à ses charmes. Elle tenoit un livre qu'elle
quitta en nous voyant. Madame de Théville me reçut aussi
bien que je pouvois le désirer,
mais je ne trouvai dans Hortense, ni plus de gayeté, ni
moins de contrainte avec moi,
que je ne lui en avois vû la veille. C'étoit une chose assez simple, qu'elle fût réservée avec
quelqu'un qu'elle connoissoit
aussi peu que moi, & si je ne
l'avois point aimée, je n'en aurois point pris d'allarmes ; mais
dans l'état où je me trouvois,
tout étoit pour moi matiére à
soupçon, tout augmentoit mon
inquiétude. Je voulois qu'elle
me tînt compte d'un amour
qu'elle n'avoit pas dû pénétrer,
il me sembloit qu'elle ne pouvoit pas se tromper aux mouvemens qu'elle me faisoit é-
prouver, que mon embarras, &

mes regards lui difoient affez
combien elle m'avoit rendu fenfible, & qu'enfin j'aurois été entendu , fi j'avois dû être aimé.

La converfation ne fut pas
long-tems générale entre nous,
& j'eus bientôt le tems d'en-
tretenir Mademoifelle de Théville, le livre qu'elle avoit quit-
té, étoit encore auprès d'elle.
Nous avons, lui dis-je, interrom-
pu votre lecture, & nous devons
d'autant plus nous le reprocher
qu'il me femble qu'elle vous in-
tereffoit. C'eft, répondit-elle ,
l'hiftoire d'un amant malheureux. Il n'eft pas aimé fans doute, repris-je ? il l'eft, répondit-
elle. Comment peut-il donc
être à plaindre ? penfez-vous
donc, me demanda-t-elle, qu'il
fuffife d'être aimé pour être
heureux , & qu'une paffion mutuelle ne foit pas le comble du
malheur, lorfque tout s'oppofe

à

à sa félicité ? Je crois, répondis-je, qu'on souffre des tour-
mens affreux, mais que la certitude d'être aimé, aide à les
soûtenir. Que de maux, un regard de ce qu'on aime ne fait-
il pas oublier ! quelles douces
espérances ne fait-il pas naître
dans le cœur ! de combien de
plaisirs n'est-il pas la source !
mais considerez donc, reprit-
elle, quel est l'état de deux
amans, dont tout contrarie les
desirs ? ils souffrent sans doute,
répondis-je, mais ils s'aiment:
ces obstacles qu'on leur oppose,
ne font qu'augmenter dans leur
cœur, un sentiment qui leur est
déja si cher ; & n'est-ce pas tra-
vailler pour eux que de leur
donner les moiens d'accroître
leur passion ? se voient-ils un
moment, que ce moment a de
charmes ! peuvent-ils se parler,
avec quel plaisir ne se rendent-

ils pas compte de leurs plus fé-
cretes penfées! font ils gênés
par des jaloux, ou des furveil-
lants, ils fçavent encore fe dire
qu'ils s'aiment, fe le prouver
même, mettre de l'amour dans
les actions qui paroiffent les plus
indifférentes, ou dans les difcours qui femblent le moins
animés. Ce que vous dites peut
être vrai, répondit-elle, mais
pour un moment tel que celui
dont vous parlez, que de jours
d'inquiétude, & de douleur!
fouvent encore, la crainte de
l'infidelité fe joint aux tour-
mens de l'abfence. Le moien
qu'on fe croie fûre d'un amant
qu'on ne voit pas ? ne peut-il
pas fe laffer, chercher d'abord
des diftractions, & finir par un
autre attachement qui ne lui
laiffe pas même le fouvenir du
premier ? le malheur de perdre
ce qu'on aime, ne dépend pas

toûjours, d'une paſſion contrainte, & je crois, repris-je,
que des amants qui joüiſſent en
liberté du plaiſir d'aimer, peuvent plus aiſément encore ſe
porter à l'inconſtance. Je ſuis
toûjours ſurpriſe, répondit-elle, quand je ſonge combien il
eſt difficile de conſerver un a-
mant, que l'on puiſſe jamais
être tentée d'en prendre. Nous
pourrions dire la même choſe
d'une maîtreſſe, & je n'imagine
pas que le cœur des femmes ſe
fixe plus facilement que le
nôtre. J'aurois, reprit-elle en
ſouriant, dequoi vous prouver
le contraire, mais je vous laiſ-
ſe volontiers cette idée, je ne
trouve pas que nous y perdions
aſſez pour la combattre. Je ne
penſe pas de même, lui répondis-je, & ſi je pouvois vous ôter
la vôtre, je me croirois le plus
heureux des hommes. Cela ſe-

roit difficile , répondit-elle , en rougiſſant. Ah je ne le ſçais que trop , m'écriai-je , & c'eſt un bonheur dont je ne me flatte pas ! celui de me faire changer d'opinion , réprit elle avec un extrême embarras, feroit ſi peu pour vous que je ne ſçais pourquoi vous le ſoûhaitez , je ſuis fort attachée à la mienne , & je doute que l'on puiſſe jamais la détruire. Vous ne la garderez cependant pas toûjours. Cette prédiction, réprit-elle en riant, ne me fait pas trembler. Je ſuis plus opiniâtre que vous ne croiez , & ſi ſûre d'ailleurs que le bonheur de ma vie dépend de ce que je penſe là deſſus , que rien au monde ne peut me faire changer. Avec autant de raiſon de craindre , que vous en pouvez avoir vous-même , je ne me ſens pas , répondis-je, autant de fermeté que vous,

& j'en aurois, s'il se pouvoit, davantage, qu'un seul de vos regards suffiroit pour m'en priver
à jamais.

Emporté par ma passion, j'allois sans doute la découvrir
toute entiere à Mademoiselle
de Théville, si Madame de
Lursay qui venoit de finir une
lettre que Madame de Theville
lui avoit donnée à lire, ne se fût
pas raprochée de nous. Privé de
la douceur de dire à Hortense
combien je l'aimois, j'avois du
moins celle de croire qu'elle
l'avoit pû deviner, & que le
peu que je lui avois montré de
mes sentimens ne lui avoit pas
déplu. Nous avions été tous
deux émus en nous parlant,
mais je n'avois pas trouvé de
colere dans ses yeux, & quoiqu'elle ne m'eût répondu rien
dont je pusse tirer avantage, je
n'avois pas non plus lieu de

Penfer qu'elle eût pour moi cette averfion dont jufques là je
l'avois foupçonnée. Il me femble, lui dit Madame de Lurfay, que vous vous quérelliez?
pas tout à fait, répondit-elle
en riant, mais pourtant nous
n'étions pas d'accord : c'eft votre faute, lui dis-je, & je vous
ai offert le moien de terminer
la difpute. De quoi s'agit-il
donc, demanda Madame de
Lurfay ? de prefque rien, Madame, réprit-elle, Monfieur
de Meilcour vouloit me faire
prendre une opinion que je lui
promettois de n'avoir jamais.
Si c'eft une des fiennes qu'il
vouloit vous donner, je ne trouve pas que vous ayez tort de
ne vouloir pas la prendre,
dit Madame de Lurfay d'un
ton aigre, car il n'en a que de
finguliéres qui ne peuvent aller
qu'à lui, & qu'il n'en conferve

qu'avec plus de plaisir. Quelqu'entêté que vous puissiez me
croire, Madame, lui répondis-
je, je cédois à ma cousine, &
elle peut vous dire que c'étoit
sans regret, & de bonne foi.
Ce n'est pas, réprit Hortense,
ce dont je suis persuadée, &
vous avez raison, ajoûta Madame de Lursay, car avec l'air
simple que vous lui voiez, il ne
laisse pas d'avoir de la fausseté.

Je m'apperçus aisément que
Madame de Lursay vouloit se
servir de cette occasion pour
me faire une querelle particuliere, mais quelque sensible
qu'il me fût d'être accusé de
fausseté devant Hortense, j'ai-
mai mieux ne pas lui répondre
que de lui donner le plaisir
d'une explication: sûr d'ailleurs
que si je pouvois accoûtumer
Hortense à m'entendre, je la
persuaderois bientôt de ma

fincerité. Mon filence acheva
de piquer Madame de Lurfay,
un regard qu'elle lança fur moi,
m'avertit de fa fureur, mais je
ne m'occupois plus de ce qu'elle pouvoit penfer. Rempli des
commencemens de ma paffion,
je ne fongeois qu'à ce qui pouvoit la faire réüffir. Auffi prompt
à me flatter du fuccès que je
l'avois été à en défefperer, je
n'ofois plus douter qu'Hortenfe ne devînt pas fenfible ; que
dis-je, à peine doutois-je qu'elle ne le fût pas déja ? j'oubliois
dans les douces illufions dont
je répaiffois mon amour, &
cette antipathie dont j'avois
cru ne pouvoir jamais triompher, & ce rival, qui la veille
même m'avoit caufé les plus
grandes allarmes ; à peine enfin avois-je parlé, qu'il me fembloit qu'elle m'avoit répondu.
Je la regardois, & il me pa-
roiffoit

roissoit qu'elle ne fuyoit pas mes regards. Cette tristesse, que tant de fois en moi-même, je lui avois reprochée, que j'avois attribuée à l'absence de quelqu'un qu'elle aimoit, n'étoit plus à mes yeux que cette voluptueuse mélancolie où se plonge un cœur tout occupé de son objet, celle enfin que je sentois depuis que je l'avois vûë.

Ces charmantes idées ne me séduisirent pas long-tems, on annonça Germeuil. Je frémis en le voiant entrer, & l'étonnement que parut lui causer ma presence, augmenta la jalousie que me donnoit la sienne. L'air familier qu'il prit, l'extrême amitié que Madame de Théville lui marqua, la joie qui se répandit sur le visage d'Hortense, tout réveilla mes soupçons, tout me déchira le cœur. Ciel! me

dis-je avec fureur , j'ai pû croire que je ferois aimé ! j'ai pû
oublier que Germeuil feul pouvoit lui plaire ! Comment avec
cette certitude qu'ils m'ont
donnée de leur amour , s'eſt-il
éffacé de ma mémoire.

Plus je m'étois flatté , plus le
coup que me portoit Germeuil
étoit affreux. Je me fentois en
le regardant des tranſports de
rage que j'avois une peine extrême à contraindre , je n'en
eus pas moins à le faluer ; mais
je ne pus prendre aſſez fur moi
pour répondre convenablement
aux choſes obligeantes qu'il me
dit. Il alla avec empreſſement
auprès de Mademoiſelle de
Théville , & l'aborda avec cette politeſſe animée qu'on a pour
les femmes à qui l'on veut plaire. Une douce fatisfaction écla-
toit dans ſes yeux , je crus même y lire de l'amour , mais un

amour paisible , & tel qu'il est
quand on l'a rendu certain du
retour. Il lui dit mille choses
fines & galantes, qui me firent
frémir pour ce qu'il pouvoit lui
dire quand ils étoient sans té-
moins ; c'étoit des expressions
tendres & vives , qu'il me sembloit qu'on ne devoit trouver
que pour ce qu'on aime éperdu-
ment , & que je n'imaginois
moi-même que pour Hortense.
Il lui lançoit de ses regards
que j'aurois désirés d'elle ; elle
de son côté lui sourioit , l'écoutoit avec complaisance, se pref-
soit de lui répondre, & ne dai-
gnoit pas contraindre le plaisir
que lui donnoit sa vûë. Un spec-
tacle aussi cruel pour moi acheva
de me percer le cœur. Cent fois
je me dis que je n'aimois plus
Mademoiselle de Théville , &
je sentois augmenter mon a-
mour à chaque protestation

d'indifférence que je lui faisois.
Chaque fois que je voyois ses
beaux yeux, pleins de douceur,
& de feu, s'arrêter sur Germeuil, que ses levres charmantes s'entr'ouvroient pour lui
sourire, enivré de plaisir, en
frémissant, je m'y laissois en-
traîner! à peine pouvois-je me
souvenir qu'un autre regnoit
sur ce cœur pour qui j'aurois
tout sacrifié, & que je ne devois qu'à mon rival la satisfac-
tion de la voir si belle. Je me
trouvois cependant trop à plaindre quand ces mouvemens se ra-
lentissoient pour que mon malheur ne me pénetrât pas de rage,
& ce sentiment douloureux me
faisoit jetter sur eux de tems en
tems les regards les plus sombres.
Errant dans la chambre où nous
étions, plein de mon désespoir,
& de mon amour, je ne pouvois ni m'approcher d'eux, ni

prendre part à leur conversation. Germeuil m'adreſſa la pa-
role plus d'une fois, je ne lui
repondois qu'à peine, & toûjours ſi peu de choſe, qu'il
prit enfin le parti de ne me plus
rien dire. On auroit cru à voir
la conduite de Mademoiſelle
de Théville, qu'elle n'avoit
deviné mes ſentimens, que pour
avoir ſans ceſſe la barbare joie
de les mortifier. De moment
en moment, elle parloit bas à
Germeuil, ſe panchoit familié-
rement vers lui, & ces choſes
qui toutes ſimples qu'elles ſont
en elles-mêmes, ne me le pa-
roiſſoient pas alors, achevoient
de me déſeſperer.

Tant de mouvements diffé-
rents, & que je n'étois pas dans
l'habitude d'éprouver, m'ac-
cablerent : la triſteſſe où je
me plongeois devint ſi forte que
je ne pûs plus la diſſimuler. Ma-

dame de Lurſay qui s'aperçut
de l'altération de mes yeux, &
de la pâleur ſubite qui ſe répandit ſur mon viſage, me demanda ſi je me trouvois mal.
A cette queſtion Mademoiſelle
de Théville s'avança vers moi
précipitamment dans le tems
que je repondois à Madame de
Lurſay, qu'en effet je ne me
trouvois pas bien, & m'offrit
d'une eau dont elle me vanta
la vertu. Ah! Mademoiſelle,
lui dis-je en ſoupirant, je crains
qu'elle ne me ſoit inutile, & ce
dont je me plains n'eſt pas ce
que vous penſez! Elle ne me
répondit rien, je crus ſeulement
remarquer qu'elle étoit touchée
de mon état. Cette idée, & ſon
empreſſement à voler vers moi,
me cauſerent un inſtant de plaiſir.
Je la regardai fixément, mais
mon attention la gênant ſans
doute, elle baiſſa les yeux en

rougissant , & me quitta. Je re-
tombai dans ma premiere douleur, j'eus du dépit de lui avoir
parlé, je craignis d'en avoir
trop dit, ou que mes yeux qui
se portoient sur elle trop tendrement, ne lui eussent donné
le sens de mes paroles.

Madame de Lursay qui ne
connoissoit pas les interêts sé-
crets de mon cœur, & qui s'oc-
cupoit uniquement des torts
que j'avois avec elle , prit pour
l'ennui d'être éloigné de Madame de Senanges, le chagrin
que je marquois. Cette passion
qui lui paroissoit aussi prompte
que ridicule , ne laissoit pas de
l'inquiéter extrêmement. Elle
jugeoit par son progrès de sa
vivacité , & cette affaire à ce
qu'il lui sembloit, se poussoit
trop rapidement des deux cô-
tés , pour qu'elle y pût appor-
ter des obstacles : elle ne dou-

toit pas que je ne reviſſe le ſoir
même Madame de Senanges,
& que je ne fuſſe à jamais perdu pour elle. Surtout elle craignoit Verſac, qui ſe feroit
un point d'honneur de conduire une intrigue dans laquelle il
m'avoit embarqué, moins par
amitié pour Madame de Se-
nanges, & pour moi, que dans
le deſſein de lui enlever mon
cœur. Le mal étoit certain &
le remede difficile à trouver;
elle avoit perdu par ſa lenteur
le droit d'acquerir de l'empire
ſur moi, & ne croyoit pas pouvoir me retenir, en me faiſant
eſperer des faveurs, que je ne
ſollicitois plus. Incertaine de la
façon dont je prendrois le ton
ſur lequel elle me parleroit, elle
n'oſoit en hazarder aucun; celui de l'amour ne ſéduit qu'autant qu'il eſt emploié ſur quelqu'un qui aime, & devient ri-

dicule par tout où il n'attendrit
pas. Elle jugea cependant que
ce feroit le feul qui pût me ra-
mener, puifque les airs iro-
niques, & méprifants n'avoient
point paru feulement me donner à penfer. Elle vint donc s'af-
feoir auprès de moi. Madame
de Théville qui écrivoit, lui laiffoit le loifir de me parler. Elle
me regarda quelque tems, &
me voiant toûjours plongé dans
la rêverie la plus profonde : y
fongez-vous, me dit-elle fort
bas, que voulez-vous qu'on penfe ici de la mine que vous faites? Ce qu'on voudra, Madame,
répondis-je d'un ton chagrin :
il femble à vous voir, reprit-
elle doucement, que vous y
foyez malgré vous, quelque
chofe vous a-t'il déplu ? mais
non ajoûta-t'elle en foupirant,
j'ai tort de vous interroger fur
ce que je ne fçais que trop bien,

ma préfence feule vous afflige,
& l'interêt que je prends à vous,
commence à vous devenir in-
fuportable ; vous ne répondez
rien, voudriez-vous donc que
je le cruffe? vous vous impatien-
tez aifément, repliquai je, &
je crains que la querelle que
vous me faites à préfent ne foit
pas mieux fondée que celle que
vous m'avez faite tantôt. Mais
quand il feroit vrai que toutes
deux fuffent injuftes, devriez-
vous, repondit-elle, vous en
offenfer? peut-être fais-je mal
de vous le dire, mais, Meilcour, fi jamais vous aviez penfé ce que vous m'avez répeté
tant de fois, loin de vous plaindre de moi, vous me remercie-
riez fans doute. Eh! quel eft donc
mon crime ? je vous ai dit que
je vous foupçonnois, non d'aimer Madame de Senanges ;
vous penfez trop bien pour

être capable d'un goût auſſi
peu fait pour un honnête homme , mais de vous être livré
trop étourdiment à des agaceries dont vous ne ſentiez pas
la conſéquence. Je ſçai mieux
que vous-même ce qu'une femme de cette eſpece peut prendre ſur vous , ce ne ſeroit point
le ſentiment qui vous condui-
roit auprès d'elle , mais en la
mépriſant, vous lui céderiez. Qui
pourroit vous répondre, que ce
même caprice dont d'abord
vous auriez eu honte en le ſatis-
faiſant, ne devînt pas pour vous
une paſſion violente ; malheu-
reuſement , les objets les plus
mépriſables ſont preſque toujours ceux qui les inſpirent, on
ſe repoſe ſur le peu de goût que
d'abord on prend pour eux. On
n'imagine pas qu'ils puiſſent jamais être à craindre , mais ſans
qu'on s'en aperçoive , l'imagi-

nation s'échauffe, la tête se
frape, on se trouve amoureux
de ce qu'on croioit détester, &
le cœur partage enfin le défor-
dre de l'esprit. Que me restera-
t'il donc, je ne dis pas des sentimens, que si je vous en crois,
je vous ai inspirés, mais de l'a-
mitié que j'ai toûjours eue pour
vous, si je ne puis vous donner
des conseils sans vous révolter?
quand il seroit vrai que plus sensible en effet que je n'ai voulu
vous le paroître, je craignisse
en secret de vous perdre, qu'enfin je fusse jalouse, seroit-ce pour
vous une raison de me hair?
mais je ne vous hais pas, Madame: vous ne me haïssez pas!
repliqua-t'elle, ah la plus cruelle indifférence pourroit-elle
s'exprimer avec plus de froideur, vous ne me haïssez point!
vous me le dites, & vous ne
rougissez point de me le dire!

Que voulez-vous que je vous ré-
ponde , Madame , lui dis-je ?
rien de ma part ne vous satif-
fait , tout vous irrite , tout est
crime à vos yeux. Je vois chez
vous une femme que je ne cherchois pas , pour qui je n'ai rien
marqué , vous trouvez cependant que je l'aime. Je suis rê-
veur ici , par ce que je me sens
un mal de tête affreux , c'est
l'ennui que vous me causez qui
me tourmente. Si chacune de
mes actions vous fait faire de pareils commentaires, nous serons,
à ce que je prévois , souvent mal
ensemble. Non , Monsieur , répondit-elle indignée de mes
discours , vous prévoiez mal ;
je ne suis pas assez bien payée
de mes soins pour daigner les
prendre davantage. Je connois
votre cœur , & l'estime ce qu'il
vaut , peut-être serez-vous quelque jour fâché d'avoir perdu le
mien.

En achevant ces paroles, elle se leva brusquement, & moi impatienté de ses reproches, & de la présence de Germeuil, & ne pouvant plus soutenir l'un & l'autre ; je pris congé de Madame de Théville, qui fit, mais vainement, tous ses efforts pour me retenir. J'étois trop piqué des procedés d'Hortense pour vouloir lui paroître content d'elle, & je lui temoignai en la quittant une extrême froideur, que de son côté elle me rendit sans ménagement.

J'avois ordonné, malgré Madame de Lursay, que mon carosse suivît le sien, & j'y montai, desesperé d'avoir laissé Hortense avec mon rival, & sur le point de rentrer chez elle, ce que j'aurois fait sans doute, si j'avois imaginé quelque chose qui eût pû justifier cette démarche. Livré à moi même ; & l'esprit

dans la situation du monde la
moins tranquille, je ne sçus
d'abord de quel côté tourner
mes pas. On me demanda deux
fois inutilement où je voulois
aller. Je craignois la solitude,
& ne me sentois pas en état de
voir du monde. Enfin, irresolu
encore sur ce que je voulois faire, je dis à tout hazard, & pour
gagner du tems, qu'on me menât
chez Madame de Senanges. Mon
dessein cependant n'étoit point
du tout de la voir. Il étoit déja
assez tard pour que je pusse es-
pérer de ne la pas trouver, &
je comptois en me faisant écri-
re, & laissant les couplets qu'elle m'avoit demandés, être dé-
barrassé d'elle pour long-tems.
J'arrivai, mais je n'étois pas
fait ce jour là pour être heureux
Madame de Senanges étoit chez
elle. Son carosse que je vis dans
la cour, me fit connoître qu'el-

le étoit près de fortir, & qu'heu-
reufement ma vifite ne feroit
pas longue. Je montai fort in-
quiet du tête à tête que j'allois
avoir avec elle, je ne fçavois
pas encore l'art de les rendre
courts quand ils ennuyent, &
de les remplir quand ils doivent
amufer. L'idée que j'allois voir
une femme qui étoit prévenuë
de goût pour moi, me donna
cependant plus d'audace qu'à
mon ordinaire. J'aurois en effet été le feul homme à qui Madame de Senanges eût pû infpirer de la crainte, fi ce n'eft
pourtant qu'on n'eût celle de lui
plaire un peu plus qu'on n'auroit voulu, ce qui auroit été très
pardonnable. Je ne connoiffois
pas affez le peril où je m'expo-
fois pour le craindre beaucoup;
je fçavois bien que naturelle-
ment elle étoit fort tendre,
mais j'avois trop peu d'experience

rience pour porter là - deſſus
mes idées bien loin. J'entrai ,
quoique la journée fût deja fort
avancée , Madame de Senanges étoit encore à ſa toilette ;
cela n'étoit pas bien ſurprenant!
plus les agrémens diminuent
chez les femmes , plus elles
doivent employer de tems à
tâcher d'en réparer la perte ,
& Madame de Senanges avoit
beaucoup à reparer. Elle me
parut comme la veille à peu
près , ſi ce n'eſt qu'au grand
jour , je lui trouvai quelques
années de plus , & quelques
beautez de moins. Comme elle
penſoit auſſi bien d'elle que
tout le monde en penſoit mal, elle ne s'apperçut pas de l'impreſſion deſavantageuſe qu'elle faiſoit ſur moi ; elle croyoit d'ailleurs m'avoir conquis le ſoir pré-
cedent, & ſe flattoit que ma vi-
ſite n'avoit pour objet que de

regler entre nous certains pré-
liminaires qui, avec la difpo-
fition qu'elle apportoit à finir,
devoient vraifemblablement ê-
tre peu difputés. Elle fit un cri
de joye me voyant. Ah! c'eft
vous, me dit-elle, familiére-
ment, vous êtes charmant d'ê-
tre régulier, je craignois qu'on
ne vous retînt, je n'ofois prefque plus vous efperer, je vous
attendois pourtant. Je fuis au
defefpoir, Madame, lui dis-je,
d'être venu fi tard, mais des
affaires indifpenfables m'ont
arrêté plus long-tems que je
n'aurois voulu : des affaires !
vous ? interrompit-elle, à votre âge, en connoit-on d'autres
que celles de cœur, en feroit-ce
par hazard une de cette efpece
qui vous auroit retenu ? non je
vous jure, Madame, repliquai-
je, on laiffe mon cœur affez tranquille : vous me furprenez, re-

prit-elle , & ce n'eſt pas ce que
j'aurois imaginé. Mais le croyez-
vous fait pour cet abandon-là,
Madame, demanda-t'elle à une
femme qui étoit chez elle , &
que juſques là , j'avois à peine
remarquée ; ce qu'il dit ne vous
étonne-t'il pas comme moi ?
l'autre ne répondit que par un
geſte d'approbation. Mais vous
n'êtes pas ſincere , continua
Madame de Senanges , ou l'on
ne vous dit pas tout ce qu'on
penſe de vous. Ah ! Madame ,
repartis-je, Eh ! qu'en pourroit-
on penſer qui me fût ſi favorable ? je n'aime point, répondit-
elle , les gens qui penſent trop
bien d'eux mêmes. Mais en verité, il y a une juſtice qu'il faut
ſe rendre. Quand on eſt fait d'u-
ne certaine façon, il me ſemble
qu'il eſt ridicule de l'ignorer à
un certain point, & vous êtes
au mieux ! n'eſt-il pas vrai ,

Madame, mais c'eſt qu'on voit
fort peu de figures comme la
ſienne. On en admire toute la
journée qui n'en approche pas.
Je vois les femmes s'entêter ſans
qu'elles ſçachent pourquoi,
mettre à la mode de petits riens
qui ne ſont point faits ſeulement pour être regardés, ne
diriez-vous pas que c'eſt quelquefois le regne des *Atômes* ?
avec le plûs beau viſage du
monde, il eſt fait merveilleu-
ſement ; je l'ai dit & cela eſt
vrai, ajouta-t'elle affimative-
ment, on n'eſt pas mieux.

Pendant qu'elle me louoit
avec cette mauſſade indécence,
ſes regards auſſi peu meſurés que
ſes diſcours, m'aſſuroient qu'elle étoit pénétrée de ce qu'elle
me diſoit. Elle me regardoit, je
ne dirai pas avec tendreſſe, ce
n'étoit pas-là l'expreſſion de
ſes yeux, mais qui pourroit,

peindre ce qu'ils étoient: ennuyé
de mon panégyrique, & plus
encore de celle qui le faisoit;
voilà, Madame, lui dis-je, les
chansons que vous me deman-
dâtes hier. Ah! oüi, je vous en
remercie, elles sont charmantes, puis me tirant à part: sça-
vez-vous bien, me dit-elle, que
si Madame de Mongennes n'étoit
pas ici, je vous gronderois fort
sérieusement d'être venu si tard,
& que le plaisir que j'ai à vous
voir, ne m'empêche pas de
sentir que si vous l'aviez voulu, je vous aurois vû plutôt;
mais pour m'en dédommager,
je veux que vous veniez avec
nous aux Thuilleries. Cette
proposition ne m'agréant pas,
je fis ce que je pus pour m'en
deffendre, mais elle m'en pres-
sa tant, que je fus obligé de lui
ceder. En descendant je lui donnai le bras, elle s'apuya fami-

lierement deſſus, me ſoûrit, &
me donna enfin toutes les marques d'attention & de bonté,
que le tems & le lieu lui per-
mettoient. Plus embarraſſé que
flatté de ce qu'elle faiſoit pour
moi, chaque moment augmentoit l'averſion qu'elle m'avoit
inſpirée. Quelque prévenu que
je fuſſe contre Madame de Lurſay, je ne laiſſois pas de ſentir
toute la diſtance qu'il y avoit
de l'une à l'autre. Si Madame
de Lurſay n'avoit pas toutes les
vertus de ſon ſexe, elle en avoit
du moins, ſes foibleſſes étoient
cachées ſous des déhors impo-
ſants, elle penſoit & s'exprimoit
avec nobleſſe, & rien ne dédom-
mageoit en Madame de Se-
nanges des vices de ſon cœur.
Faite pour le mépris, il ſem-
bloit qu'elle craignît qu'on ne
vît pas aſſez tôt combien on lui
en devoit; ſes idées étoient puë-

riles, & ſes diſcours rébutans.
Jamais elle n'avoit ſçu maſquer
ſes vûës , & l'on ne ſçauroit dire ce qu'elle paroiſſoit dans le
cas où preſque toutes les femmes de ſon eſpece ont l'art de
ne paſſer que pour galantes.
Quelquefois cependant elle
prenoit des tons de dignité ,
mais qui la rendoient ſi ridicule! elle ſoûtenoit ſi mal l'air
d'une perſonne reſpectable, que
l'on ne voyoit jamais mieux à
quel point la vertu lui étoit é-
trangere , que quand elle fei-
gnoit de la connoître. L'air
ſérieux avec lequel je recevois
ſes attentions, ne lui donna pas d'inquiétude ; & ma triſteſſe ne lui paroiſſant cauſée
que par l'incertitude où je pouvois être encore de lui plaire ,
elle ne s'en crut que plus obligée à me remettre l'eſprit ſur
des craintes qui ne lui ſem-

bloient pas naître à propos. A
tout ce qu'elle employa pour
me raſſurer, je dûs croire qu'elle ne jugeoit pas ma peur mé-
diocre, &je deſcendis aux Thuilleries avec elle comblé de ſes
faveurs, & accablé d'ennui.

Fin de la ſeconde Partie.

www.ingramcontent.com/pod-product-compliance
Lightning Source LLC
Chambersburg PA
CBHW070759280626
47162CB00016B/1547